"Ànimes mudes"
i altres contes

CATERINA ALBERT

"Ànimes mudes" i altres contes

Edited by Kathleen McNerney

The Modern Language Association of America
New York   2018

© 2018 by The Modern Language Association of America
All rights reserved
Printed in the United States of America

MLA and the MODERN LANGUAGE ASSOCIATION are trademarks
owned by the Modern Language Association of America. For information
about obtaining permission to reprint material from MLA book
publications, send your request by mail (see address below) or
e-mail (permissions@mla.org).

Library of Congress Cataloging-in-Publication Data is available
from the Library of Congress.

ISSN: 1079-252X

Cover illustration of the paperback and electronic editions:
Photograph, by Benjamin Bofarull Gallofré, in the Víctor Català Archive,
of *L'Escala* or *Paisatge de Punta Montgó*, a painting by Caterina Albert.

Published by The Modern Language Association of America
85 Broad Street, suite 500, New York, New York 10004-2434
www.mla.org

To Francesca Bartrina,

in memoriam

CONTENTS

ACKNOWLEDGMENTS

While I consider my ten-week stay in the lovely birthplace of Caterina Albert a gift from the goddesses, there are a number of down-to-earth organizations and individuals to thank as well. West Virginia University allowed me to take a sabbatical year, and the Cultural Department of the Ajuntament of L'Escala awarded me a grant and a lovely modernist house overlooking the Mediterranean in the fifteenth-century village of Sant Martí d'Empúries. Pere Guanter, head of the Cultural Department, and his entire team at City Hall aided me in many ways during my stay. Several experts in translation and on the work of Albert were also extremely helpful, especially Francesca Bartrina, Ron Puppo, and Teresa Vall, who gave close readings to several difficult passages, making suggestions or simply explaining various meanings. Núria Nardi and Irene Muñoz lent a hand with bibliographic items, and all the above-named people went beyond professionalism to visit or take me out when a break was in order. The people of the village of Sant Martí were most friendly and gracious. Anna Sánchez Rue and María Gutiérrez in Barcelona, Maria-Antònia Oliver in Mallorca, and Carles Cortés and Zequi Moltó in Alacant offered me their hospitality and a constant helping hand.

Acknowledgments

On this side of the Atlantic, my longtime friends Judith Stitzel and Anna Elfenbein gave me positive suggestions for the introduction, and Susana Villanueva Eguía Lis helped with all manner of technical matters. Special thanks to the Albert family in L'Escala.

INTRODUCTION

Reading and understanding Catalan literature present a series of questions, as much for professors as for students of Hispanic literatures and cultures. When we read a text from the Hispanic world, one of the first questions we ask is, From what part of this vast world does the text emerge? If we narrow the place down to the Iberian Peninsula and the Balearic and Canary Islands, our quest cannot stop there, because we know that this area speaks, thinks, and writes not in one language but several: Portuguese, Galician, Castilian, Euskera, and Catalan. Some might add even others, such as Bable, or all the African languages spoken in the former colonies of Portugal and Spain. The study of the literatures written in these languages raises difficult and fascinating questions having to do with the concepts of nation, national consciousness, and national literature.[1]

Caterina Albert i Paradís (1869–1966) wrote most of her work in Catalan, the language of many writers who are included in the Spanish literary canon or, more precisely, the literary canon of Iberia. Among the major figures writing in Catalan are Ramon Llull (1235–1315), a medieval thinker and mystic who influenced many subsequent philosophers, including

Gottfried Wilhelm Leibniz; Ausias March (1397–1459), a culti-
vator of Petrarchan poetry who had a lasting effect on Span-
ish verse; Joanot Martorell (1413–68), whose *Tirant lo Blanch*
was saved from Miguel de Cervantes's book-burning scene in
Don Quixote; and, in the twentieth century, Mercè Rodoreda
(1908–83), author of *La Plaça del Diamant*, one of the most
riveting re-creations of life during the Spanish Civil War. Al-
bert has much in common with her contemporaries Anton
Chekhov and Emilia Pardo Bazán: she shares many narrative
techniques with them as well as an intense interest in the psy-
chological development of characters. Yet she is widely read
only in Catalonia. That she is little known outside Catalonia is
the result not only of the vagaries of literary taste or the market
but also of the history of the Catalan language and the history
of Catalonia in the Spanish state.

A first step toward understanding the work of Albert is to sit-
uate it in the context of Catalan, Spanish, and European culture
of the late nineteenth century and well into the twentieth. She
first came to the attention of the Catalan literary world in 1898,
when in the small northern town of Olot she entered two of the
traditional literary contests known as the Jocs Florals. She won
both. The Jocs Florals flourished in France and Spain in the four-
teenth century but ceased until they were reinstituted in 1859.
These contests, like publications in periodicals, provided an
economical entrée into the world of letters and therefore gave
women writers a more accessible venue for circulating their
work than was possible in the established publishing houses.

The first contest she won was for dramatic monologues.
This genre was encouraged that year, and Albert was working
on a piece called "La infanticida: Monòleg dramàtic en vers,"

in which the speaker is a young woman. The organizers of the contest requested the presence of the author, with the expectation that the play would be performed. But Albert, a rural landowner from the agricultural and fishing village of L'Escala, on the Costa Brava, disliked publicity and did not attend, and the play was not staged. When it became known that the author of this harsh tale of rural life was a woman, scandal ensued, making her even more reluctant to appear in public. She discussed this bittersweet episode of triumph and rebuff in an interview given years later to Tomàs Garcés:

> Fou premiat. Hi hagué unes discussions fantàstiques, es veu, sobre qui era l'autor del treball. Sembla que es tractava d'un monòleg atrevit. Jo no me n'adonava. Quan van saber que l'autor era una dona, l'escàndol va ser més gros. No trobaven correcte que jo contés la història d'un infanticidi. I, no obstant, ¿és que pot tenir límits l'obra de l'artista? No crec que unes normes morals puguin frenar-la. Crec elemental advocar per la independèncja de l'art. Gràcies a aquesta independèncja he pogut ser fidel a la meva vocació, que tothom hauria volgut intervenir. (Català, "Conversa" 1748)

Despite her success in publishing this and other early plays, she did not live to see "La infanticida" performed; it was first staged in 1967. Partly as a result of the fuss surrounding the play, she began to use a masculine pseudonym, Víctor Català, and used it for the rest of her life.[2] The patriotic nom de plume taken by Albert was the name of the protagonist of a novel she never finished.

The other prize awarded to Albert in the 1898 contests at Olot was for the poem "El llibre nou," which expresses her love for books. Like many of her female contemporaries in Spain, she began her writing career by publishing poetry in periodicals, more accessible than books to both writers and readers. Ultimately she turned to narrative, which became the main body of her production. Turn-of-the-century Barcelona saw a flourishing of the literary marketplace for works in Catalan, but journals remained the more feasible venue for stories and even novels by women.

Catalan was Albert's language and the means of communication of the cultural establishment in which Albert moved. Yet as a minority and often suppressed language throughout the history of the Spanish nation-state, Catalan suffered long periods of scant production in literature, especially during the seventeenth and eighteenth centuries. In the nineteenth century, however, the time of Romanticism in other Western European countries, the political and cultural activity of the middle classes led to a blossoming that would become known as the Renaixença, a cultural revival of Catalan language and literature (see Resina, "Catalan Renaixença"). In Catalonia, as well as in the other two minority areas of Spain, Galicia and the Basque Country, the movement called for a resurgence not only of the autochthonous languages but also of national pride. This Romantic nationalist spirit spurred many women to write about the close relation between the individual subject and the land and led to an incipient modern feminism.

The publication in 1833 of Carles Aribau's ode "A la pàtria" in Catalan paved the way for the canonical male poets Jacint Verdaguer and Joan Maragall. Encouraged by this new patriotic fervor, a number of women began to write in Catalan during the second half of the century. Typically, they had begun to write in Castilian but changed to their own language. Their work is characterized by evocations of Catalonia, expressions of religious sentiment, maternal and family sensibilities, and in some cases, social and political criticism. There is also a search for rootedness in women's literature, in which the authors seek, find, and celebrate their literary foremothers. Josefa Massanés (1811–87), an early leader of a group of women intellectuals in Barcelona, was praised by Carolina Coronado (1823–1911) and written about by Dolors Monserdà (1845–1919). Monserdà was in turn lauded by Carme Karr (1865–1943) and Maria Aurèlia Capmany (1918–91), whose clandestine Catalan lessons during Franco's regime extended this tradition to her pupil Montserrat Roig (1946–91).

In an effort to foster primary and secondary education for young women, Francesca Bonnemaison established a library and cultural center for women in 1909 in Barcelona. Albert corresponded with Monserdà, the most prolific of the group, during the early part of the century, mostly regarding literary prizes. (In a eulogy for Monserdà, she complained that Monserdà's work had been unjustly underrated.) In addition to her creative work in various genres, Monserdà wrote essays on feminism, two of which were published as books: *El feminisme a Catalunya* in 1907 and *Estudi feminista* in 1909. She was the first woman president of the Jocs Florals.

With the Spanish Civil War (1936–39) and the ensuing dictatorship of Francisco Franco (1939–75), feminist activities among Catalan women writers were curtailed. But Albert's prolific correspondence continued and includes letters to younger writers such as Roser Matheu and Aurora Bertrana, who is deeply indebted to the writer from L'Escala. Indeed, Albert's long life traces a series of major political upheavals in Spain, beginning with the Carlist Wars, which pitted regional monarchists against a centralizing and liberalizing state apparatus that included federalists (advocates of regional autonomies in the Spanish state) and, in the 1860s and 1870s, antimonarchists. Albert's father, a man who believed in Catalan autonomy, was intensely involved in these conflicts. The Carlist Wars ended after a short-lived republic in 1873 and the restoration of a constitutional monarchy in 1876. By the end of the nineteenth century most Spanish colonial possessions were lost in a war with the United States, a cultural and political event that led to soul-searching by many intellectuals and writers, including Catalans. Literary historians have designated writers from this period as belonging to the Generation of 1898.

In the early twentieth century, as the entire peninsula, along with the Balearics and the Canaries, began (belatedly in relation to other parts of Europe) to suffer the growing pains of industrialization, labor unrest became particularly intense in Catalonia, a region whose textile factories were models of rising capitalism. Conflict between workers and industrialists allied with political elites culminated in 1909 in the Setmana Trágica in Barcelona, a clash that also had to do with the vestiges of Spanish colonialism in northern Africa, since many soldiers who died in colonial wars were Catalan workers conscripted by the Spanish army. These upheavals, including the rise of fascism, continued into the 1930s, and they directly affected the wealthy Albert family. During the Second Republic (1931–39), the family house in L'Escala was ransacked by anti-Fascist soldiers in search of weapons. None were found, apart from a few antiques, but especially disturbing for Albert was the loss of some of her personal and literary documents.

Albert has earned a place in the canon of Catalan literature, and many consider her the model narrator of the late nineteenth to mid-twentieth century. Since her earliest work took place in a rural setting, she was considered a rural writer, but this label does not do her justice: she was a versatile author whose cultural milieu comprised a number of literary movements, including modernism. According to Joan Ramon Resina, Catalan modernism has much to do with an "urbanization of literature" ("Modernism" 514). Although Albert's early settings are rural, Albert by no means celebrates the country life. In fact, she debunks the Romantic myth of the happy yeoman. It is customary for critics to compare her work with that of Raimon Casellas (1855–1910), whose modernist novel *Els sots feréstecs* (1901) sets the individual in conflict with a hostile environment, with the hostility coming from other people and from nature itself. There also are many interesting similarities with the work of Pardo Bazán (1851–1921), a Galician writer who was branded a rural naturalist despite her great range: both Pardo Bazán and Albert were feminists *avant la lettre*, both narrated the harsh conditions of rural areas, and both were self-taught and achieved a level of education far surpassing that of most of their female contemporaries. Also, while in both there is a strong dose of social realism, there are traces of urban modernism as well.

Albert's settings are not all on farms or in villages; one novel and a number of stories have an urban background. *Caires vius* (1907) contains "Carnestoltes" (included in this volume), which has a Carnival setting, and "Capvespre," which makes references to the cinema. In *Jubileu* (1951) almost half the stories take place in Barcelona, and several make use of the technique, at once modern and ancient, of indirect dialogue. There are also tales within tales, framed stories. Several critics, among them Jordi Castellanos (*Intel·lectuals* and "*Solitud*") and Núria Nardi, study Albert as a modernist writer while recognizing in her work characteristics of realism and naturalism. The only movement Albert rejected was *noucentisme*, which she found too stylized, idealistic, and limiting. Begun and described by Eugeni d'Ors, *noucentisme*, a term analogous to the Italian *novecento*, has to do with twentieth-century sensibilities that highlight cultural differences. The movement insisted, as modernism did, on the work of art principally as an aesthetic construct. Like other writers of the early twentieth century, Albert often asserted her artistic freedom, at times reacting against criticism of her work, of its subject matter and its use of experimental techniques rather than styles in vogue at the time. In *Caires vius*, she uses a long prologue, which she calls "Pòrtic," to explain her views on certain literary movements as well as on the nature of literature.[3] Years later, she returns to the theme in *Contrallums*, where she maintains that literary currents are like the waters of a river that someone dyes: " Un pessic de blau de Prússia, per exemple, tenyirà, amb la seva virulència expansiva, una gran extensió i, en canvi, quantitat molt major de modesta terra bruna, amb prou feines si alterarà la deu amb una lleugera esfumadura vagarosa." (Català, *Obres* 814; see also Capmany). Prussian blue may represent *noucentisme*, with its rigid limitations and its efforts to normalize Catalan grammar and spelling according to rules that Albert rejected.[4] That realism, with its naturalist tendencies, characterizes many of her stories but does not preclude a certain lyrical flare, attention to the beauty of the surroundings of her characters, and great appreciation of the female body.[5] All in all, in her writing as in her life, Albert was sui generis: she lived and wrote at a distance from the mainstream; she sympathized with the plight of women but was not a declared feminist; and, as a well-to-do landowner, she feared the excesses of extremists on the left. Her comments of a political nature involved only issues of artistic and linguistic freedom.

Albert's literary production was interrupted by two long silences. After seven books of various genres appeared between 1901 and 1907, Albert published nothing more until the 1920s, when four new works of narrative came out. Fourteen more years elapsed before the publication of *Retablo*, her only work in Castilian. Her memoirs and two more collections of stories followed in the 1940s and 1950s. Maria Aurèlia Capmany, a well-known Catalan writer and political figure, analyzed these silences in her epilogue to the 1972 edition of Albert's complete works. Capmany suggests a combination of editorial and literary pressures to explain the lapses in production. One might also suspect social and family duties related to her quasi-aristocratic position in L'Escala. In any case, silence is a virtual protagonist in some of the stories; several rapes are dramatically silenced, and both "Carnestoltes" and "Ànimes mudes" are haunted by unspoken words.

Formal schooling was limited for Albert. She had strong ideas about what she wanted to learn, and, since her family was well-to-do, she preferred to hire tutors for specific interests, especially art. She read avidly and tells of regular visits to her home by a bookseller, from whom she bought whatever she fancied. Along with her early efforts in theater and poetry, she produced drawings, paintings, and sculptures, but just as Rodoreda would do some years later, Albert abandoned the visual arts to concentrate on narrative.[6] Being the oldest of four children and having a sickly mother and elderly grandmother to care for, she had to administer the family business on the death of her father, when she was twenty years old. She lived in the family residence all her life but traveled in Europe, especially to France and Italy, and maintained an apartment in Barcelona, where she went to the theater, seldom missing season premieres. She never married but had several lifelong friends and participated in the family life of her siblings. She also corresponded with many contemporaries, exchanging letters over a long period with the poet Joan Maragall, the dramatist Angel Guimerà, the novelist Narcís Oller, and her editors, among others. Albert's nonfiction includes *Mosaic*, a book of impressions and memories, various speeches and articles, interviews, and prologues to the works of others as well as her own. A study of these prologues reveals that Albert was also a sophisticated literary critic and theorist. In *Caires vius*, she writes an eloquent statement in favor of artistic freedom and originality—breaking the mold, as it were, of the literary fashions of the day, such as *noucentisme*. In a 1926 interview with Tomàs Garcés, she describes her work as "eclectisisme desenfrenat" (Català, "Conversa" 1749).

Albert's best-known work is the widely translated novel *Solitud*, set in a small hermitage in the mountains near L'Escala. The young protagonist, Mila, marries and moves to her isolated new home but soon finds that her husband is no company or help. She survives for a time in this difficult environment with the aid and sympathy of an elderly shepherd, who lends great lyricism to the work. Folklore emanates from his telling of *rondalles*. *Solitud* is an intensely psychological narrative, a symbolic description of female desire that centers on the ascent to and descent from a mountaintop. The conclusion is open-ended: the reader is left wondering about Mila's future. The protagonist of *Solitud* is a good example of Albert's distancing herself from literary fashion, for Mila is neither a fin de siècle femme fatale nor modernism's fragile nymph; she endures by abandoning home and husband.

Albert's second (and last) novel came out fifteen years later: *Un film (3.000 metres)* is an innovative work whose structure is based on another of her passions, the movies.[7] Reading its six carefully crafted chapters, one can imagine a series of related films that follow the development of the protagonist, Nonat, from a proud young orphan in search of his roots to the princely leader of a band of Barcelona criminals. The seamy streets are in total contrast with the idealized city of *noucentista* writers, just as Nonat's gruesome companions contrast with the fastidiously elegant and handsome young man. When the novel was published, in 1926, the reviewers panned it, because it was too experimental for prevailing taste and perhaps also because its urban setting disturbed those who expected more ruralism from Albert. Belittling both the novel and the seventh art, film, one critic exclaimed, "Si *Un film* fos un film, . . . no tindria cap interès: el gènere, sobretot tret de la pantalla, no ofereix gaires suggestions ni gaires possiblitats estètiques" (qtd. in Capmany 1865).

This volume's collection of Albert's work begins with "La infanticida," one of the eight plays Albert wrote early in her career. The story begins in medias res and maintains dramatic tension throughout. As the work advances, the audience begins to realize that the sole voice comes from within an insane asylum. The young woman unfolds her tale in verse, which is written in hendecasyllables and punctuated with symbols, especially the sickle wielded by her violent father, of whom she is terrified.

The ten stories that follow are taken from five collections; one story appeared only in a periodical. Readers will find a great variety of narrative techniques: multiple voices, distancing, breathtaking descriptions of nature in contrast with grotesque social situations, voluptuous presentations of the female body (see Bartrina 109–96), short vignettes as well as works long and complex enough to be considered novellas and published as single volumes. The stories from late in her life continue to show a great range in theme, character, and setting. Albert's works are populated with everyone from sophisticated doctors to depraved outcasts, but most of her protagonists are female, and friendship and solidarity among women feature prominently in a number of stories. Plants and animals are important to plot as well as in imagery.

I included two very different stories from the collection *Drames rurals*. A fatalistic outlook in "L'empelt" can be compared with the determinism characteristic of naturalism as two brothers face off: a responsible son, of good stock, against a fatally flawed "graft" from another, inferior breed. Nature plays its part, as stormy weather accentuates the somber, tense scene. "L'enveja" uses plant imagery in a lyrical piece written in hendecasyllables. Repetition of descriptive lines adds to the poetry of this tale: the protagonist is a "deessa camperola" with a basket on her head that seems to be made of "llenques d'or entreteixides" (*Obres completes* 552); her husband is "un bon noi de terra cuita" (553). These lines open and close the story, forming a circle and acting as couplets in a poem.

The collection *Ombrívoles* contains a short, poignant story dealing with old age and the end of life, "Conformitat." Following a rural tradition, an old widower, realizing that his family function has ended, silently communicates his wishes to his deceased wife. "Ànimes mudes" tells of star-crossed lovers on neighboring farms: a family feud generations old keeps them from exchanging anything more than long, meaningful glances. In *Caires vius*, "Carnestoltes" tells how merrymaking on the streets annoys the aging and crippled Marquise of Artigues, for it is uncouth and rude, not the elegant masked balls she remembers from her youth. The relationship between mistress and maid develops with lesbian overtones (see Bartrina 164–70) and leads to a crisis of faith among displays of mysticism and silent, personal prayer. "Giselda" is one of several stories of Albert's that venture into myth. Composed as a fairy tale and based on a Catalan song with the theme of female vengeance similar to the play and opera *Tosca*, it ends in a brutality worthy of the Grimm brothers.

"Secretet rosa" appeared in *La il·lustració catalana* in 1910 and was not reprinted until the publication of the first edition of Albert's *Obres completes* in 1951. It is a stylized piece in which the visual element is paramount, more a vignette than a narrative. Its allusions to Van Beers are a reminder that Albert's youth was dedicated to painting and sculpture. "La pua de rampí," from *Contrallums*, is painterly despite the violent, climactic scene of attack. The landscape is described as the protagonist takes her daylong walk; she and the reader experience impressionistic visions of changing light, shadow, and color.

The last two stories of this volume are from a much later collection, appropriately titled *Vida mòlta*. In the family relationship of "La jove: Tot pastant," the bonding among women in a rural village defends and protects them against the perils of the patriarchal order. The central image is the baking of bread. Beleta's kneading takes on great sensuality, and more than once the narrative voice compares the rising dough to a woman's breast. The kneading room becomes something of a "room of one's own" at the same time, since Beleta's presence in the dark space often goes unnoticed and Beleta overhears crucial conversations that allow her to shape the outcome. (In two short, poetic pieces written in 1903 and published later in *Mosaic*, Albert describes her private space in the household, "Ma cambra blanca" and "Mon niu," anticipating Virginia Woolf's 1929 *A Room of One's Own* on a personal if not political level.) Several voices overlap in this masterful tale: Beleta's thoughts and memories contrast with dialogues that reflect the family's values. The men's voices are gruff, the women's fearful and timid. Finally, "Pas de comèdia" addresses role reversal when an oppressed and battered woman discovers her strength.[8]

Albert's linguistic range is wide, from narrative voices using borrowed and invented words to dialogues among illiterate peasants. In some works, poems and popular songs lend a lyricism beyond the carefully crafted imagery and systems of symbols. Her technical influence on later authors has been mentioned by some critics, notably Carles Cortés, but this aspect of her work is in need of further study.

Albert was honored as president of the Jocs Florals in 1917 and was the first woman to be elected to the Reial Acadèmic de Bones Lletres of Barcelona, in 1923. Appreciation for her work, however, faded with the advent of new writers, new aesthetics, and new critics. That trend is being reversed now. Recent editions of her writing and three major collections of essays about her, edited by Enric Prat and Pep Vila, have resulted from symposia sponsored by the cultural department of the city of L'Escala. Several scholars have taken up Helena Alvarado's 1984 plea for a reinterpretation of Albert ("Victor Català"), and there are notably new collections by Núria Nardi and by Lluïsa Julià (see "Works and Editions of Caterina Albert" below); a publication of her letters by Irene Muñoz i Pairet in two volumes; and, most important, a monograph by Francesca Bartrina on the complete works of Albert, a study in Catalan that

Introduction

is most insightful. It is my hope that these works and new translations will encourage the continued reevaluation of Albert.

Notes

[1] For a discussion of the development of languages and literatures of the Iberian Peninsula that questions the notion of a national literature, see Dagenais.

[2] Gabriel Ferrater said in 1967 that it was ridiculous to continue calling her Víctor Català (255). Marta Pessarrodona echoed that opinion in 2004 (9). (Albert was not alone in using a male pseudonym. One of her contemporaries in Barcelona, Palmira Ventós i Cullell, wrote all her work as Felip Palma.)

[3] My translations of "Pòrtic" ("Portico") and "El carcanyol" ("The Windfall"), both from *Caires vius* and both in *Obres completes*, are available as a free download from the MLA bookstore.

[4] Pompeu Fabra is the key figure in the normalization of Catalan. Working for the Institut d'Estudis Catalans, he produced *Normes ortogràfiques* in 1913, *Diccionari ortogràfic* in 1917, and *Gramàtica catalana* in 1918.

[5] Bartrina's study in Catalan of Albert is among the best and most complete. See particularly her thoughts on "Amor entre dones," where she suggests that Albert may have been a lesbian (164–70). This possibility has not been explored by critics or biographers. In her literary biography of Albert, Muñoz does not go into personal matters.

[6] Rodoreda was the first woman to receive the Premi de les Lletres Catalanes for her lifetime work as a writer. She did a number of paintings in her early years but then turned to literature. Like Albert, she loved films. The autodidactic character of their educations may account in part for their great originality of expression.

[7] I mentioned Rodoreda's love for the movies. Gertrude Stein was a fan as well; she compared her writing techniques with sequences in a film. For Rodoreda, see McNerney 4; for Stein, see Lewis and Lewis 204.

[8] One finds another parallel in the striking similarity between Emilia Pardo Bazán's "Feminista" and Albert's "Pas de comèdia."

Works Cited and Consulted

Alvarado i Esteve, Helena. *"Solitud" de Víctor Català.* Empúries, 1997.

———. "Víctor Català / Caterina Albert, o l'apassionament per l'escriptura." *La infanticida i altres textos,* by Caterina Albert, LaSal, 1984, pp. 7–35.

Barnstone, Willis. *The Poetics of Translation: History, Theory, Practice.* Yale UP, 1993.

Bartrina, Francesca. *Caterina Albert / Víctor Català: La voluptuositat de l'escriptura.* Eumo, 2001.

Bergman, Emilie, and Paul Julian Smith, editors. *¿Entiendes? Queer Readings, Hispanic Writings.* Duke UP, 1995.

Bieder, Maryellen. "Albert i Paradís, Caterina." *Double Minorities of Spain: A Bio-bibliographic Guide to Women Writers of the Catalan, Galician, and Basque Countries,* edited by Kathleen McNerney and Cristina Enríquez de Salamanca, Modern Language Association, 1994, pp. 31–35.

Boccaccio, Giovanni. *The Decameron.* Selected, translated, and edited by Mark Musa and Peter E. Bondanella, W. W. Norton, 1977.

Capmany, Maria Aurèlia. "Epíleg: Els silencis de Víctor Català." Català, *Obres,* pp. 1851–68.

Casacuberta, Margarida, and Lluís Rius. "Caterina Albert i Paradís en el Certamen Literari D'Olot." *Els jocs florals d'Olot, 1890–1921,* Batet, 1988, pp. 36–40.

Castellanos, Jordi. *Intellectuals, cultura i poder: Entre el modernisme i el noucentisme.* Magrana, 1998.

———. "*Solitud,* novel·la modernista." *Els marges,* vol. 25, May 1982, pp. 45–70.

Castro-Paniagua, Francisco. *English-Spanish Translation, through a Cross-Cultural Interpretation Approach.* UP of America, 2000.

Català, Víctor. "Conversa amb Víctor Català." Interview by Tomàs Garcés, *Revista de Catalunya,* vol. 3, no. 26, 1926, pp. 126–34. Català, *Obres,* pp. 1747–55.

———. *Obres completes.* 2nd ed., Selecta, 1972.

Charlon, Anne. *La condició de la dona en la narrativa femenina catalana, 1900–1983.* Edicions 62, 1990.

Cortés i Orts, Carles. "L'empremta de la narrativa de Caterina Albert en els primers relats de Mercè Rodoreda." Prat and Vila, *II Jornades*, pp. 203–32.

Dagenais, John. "Medieval Spanish Literature in the Twenty-First Century." Gies, pp. 39–57.

Dingwaney, Anuradha, and Carol Maier, editors. *Between Languages and Cultures: Translation and Cross-Cultural Texts.* U of Pittsburgh P, 1995.

d'Ors, Eugeni. *Glosari, 1906–1910.* Selecta, 1950.

Epps, Brad, editor. "Introduction: Barcelona and Modernity." *Catalan Review*, vol. 18, nos. 1–2, 2004, pp. 13–28. Special issue on Barcelona and modernity.

Felski, Rita. *The Gender of Modernity.* Harvard UP, 1995.

Ferrater, Gabriel. "Solitud." U of Barcelona, 1966–67.

Gies, David, editor. *Cambridge History of Spanish Literature.* Cambridge UP, 2004.

Gilabert, Joan. "Català, Víctor." *Dictionary of the Literature of the Iberian Peninsula*, vol. 1, edited by Germán Bleiberg et al., Greenwood, 1993, pp. 355–57.

Good, Kate. "Domestic Disturbances: Breaking the Mold of Female Comportment in Caterina Albert i Paradís' 'Pas de comèdia.'" *Catalan Review: International Journal of Catalan Culture*, vol. 29, 2015, pp. 23–39.

Lefevre, André. *Translating Literature: Practice and Theory in a Comparative Literature Context.* Modern Language Association, 1992.

Lewis, R. W. B., and Nancy Lewis. *American Characters.* Yale UP, 1999.

Maragall, Joan. "Un libro fuerte e incompleto." *Obres completes*, by Maragall, vol. 2, Selecta, 1960, pp. 197–98.

McNerney, Kathleen, editor. *Voices and Visions: The Words and Works of Mercè Rodoreda.* Susquehanna UP, 1999.

Miracle, Josep. *Víctor Català.* Alcides, 1963.

Möller-Soler, Maria-Lourdes. "Caterina Albert o la 'solitud' d'una escriptora." *Letras femeninas*, vol. 9, 1983, pp. 11–21.

Monserdà, Dolors. *Estudi feminista, orientacions per la dona catalana.* 1909.

———. *El feminisme a Catalunya*. Francesc Puig, 1907.

Muñoz i Pairet, Irene. "L'art plàstic de Caterina Albert." *Revista de Catalunya*, vol. 287, 2014, pp. 185–212.

———. *Caterina Albert / Victor Català, 1869–1966*. Vitella, 2016.

———, editor. *Epistolari de Víctor Català*. CCG, 2005–09. 2 vols.

———. "Glossa de Caterina Albert / Víctor Català." *Serra d'or*, vol. 688, 2017, pp. 47, 287–50, 290.

———. "Joan Maragall i Víctor Català, des del seu epistolari, 1902–1911." *Haidé*, vol. 4, 2015, pp. 41–51.

Nardi, Núria. Introduction. *Contes: Víctor Català*, by Caterina Albert, Bruño, 1994, pp. 9–53.

Pardo Bazán, Emilia. "Feminist." *"Torn Lace" and Other Stories*, translated by María Cristina Urruela, Modern Language Association, 1996, pp. 118–25.

Pessarrodona, Marta, editor. *Caterina Albert: Cent anys de la publicació de Solitud*. CSIC–Generalitat de Catalunya, 2007.

———. *Caterina Albert: Un retrat*. Generalitat de Catalunya, 2004.

Porter, Josep. *Els dibuixos de Víctor Català*. 1955.

Prat, Enric, and Pep Vila, editors. *Actes de les primeres jornades d'estudi sobre la vida i l'obra de Caterina Albert i Paradís "Víctor Català."* L'Abadia, 1993.

———. *Actes de les terceres jornades d'estudi sobre la vida i obra de Caterina Albert (Víctor Català)*. L'Abadia, 2006.

———. *II Jornades d'estudi: Vida i obra de Caterina Albert i Paradís (Víctor Català), 1869–1966*. L'Abadia, 2002.

Pujol, Josep. "Plomes veïnes: Caterina Albert vs. Marguerite Yourcenar." *Lambda*, vol. 80, 2014, pp. 1–3.

Rabassa, Gregory. *If This Be Treason: Translation and Its Dyscontents*. New Directions, 2005.

Resina, Joan Ramon. "The Catalan Renaixença." Gies, pp. 470–78.

———. "Modernism in Catalonia." Gies, pp. 513–19.

Ribera Llopis, Juan M. *Projecció i recepció hispanes de Caterina Albert i Paradís, Víctor Català, i de la seva obra*. CCG, 2007.

Riquer, Martín de, et al. *Història de la literatura catalana*. 11 vols. Ariel, 1988.

Rotella, Pilar. "Naturalism, Regionalism, Feminism: The Rural Stories of Emilia Pardo Bazán and Caterina Albert i Paradís." *Excavatio*, vol. 15, nos. 3–4, 2001, pp. 134–47.

Sobré (Sobrer), Josep Miquel. "Albert i Paradís, Caterina." *Women Writers of Spain: An Annotated Bio-bibliographical Guide*, edited by Carolyn Galerstein and Kathleen McNerney, Greenwood, 1986, pp. 13–15.

Vilarós, Teresa M. "Caterina Albert i Paradís ('Víctor Català')." *Spanish Women Writers: A Bio-bibliographical Source Book*, edited by Linda Gould Levine et al., Greenwood, 1993, pp. 12–22.

Villas i Chalamanch, Montserrat. *La morfologia del lèxic de* Solitud *de Víctor Català*. L'Abadia, 1999.

Yates, Alan. "*Solitud* i els *Drames rurals*." *Serra d'or*, vol. 11, 1969, pp. 646–48.

THE WORKS AND EDITIONS OF
CATERINA ALBERT

Albert's *Obres completes* includes not only the texts listed below but also some of her correspondence, speeches, prologues, and articles as well as a long introductory study by Manuel de Montoliu, the 1926 interview with Tomàs Garcés, and the article-epilogue by Maria Aurèlia Capmany. A new, revised edition is to be hoped for. Some of the pieces in this volume have newer editions, which I consulted.

El cant dels mesos. 1901.

Caires vius. 1907.

"Cendres" i altres contes. Introduced and edited by Lluïsa Julià, Pirene, 1995.
    A collection of stories from several books.

Contes. Introduced and edited by Núria Nardi, Bruño, 1994.
    A collection of stories from several books.

Contes diversos. Introduced and edited by Núria Nardi, Laia, 1981.
    A collection of stories from several books.

Contrallums. 1930.

De foc i de sang. Edited by Blanca Llum Vidal, selection and postscript by Lluïsa Julià, Club, 2017.

Drames rurals. 1902.

Drames rurals [and] Caires vius. Introduced and edited by Núria Nardi, Barcanova, 1992.

Un film (3.000 metres). 1920. Club, 2015.

"La infanticida" i altres textos. Introduced and edited by Helena Alvarado. LaSal, 1984.

Jubileu: Novíssims contes inèdits. Edited by Josep Miracle, Selecta, 1951.

Mosaic. 1946. Introduced and edited by Lluísa Julià, Edicions 62, 2000.

Ombrívols. 1904. 2nd. ed, 1948.

Quatre monòlegs. 1901.

Retablo. Ediciones Mediterráneas, 1944.

Solitud. 1905. Edited by Núria Nardi, Edicions 62, 1990.

Teatre inèdit: La infanticida, Verbagàlia, Les cartes, L'alcavota. Edited by Josep Miracle, F. Camps Calmet, 1967.

Vida mòlta. Selecta, 1987.

In English

Solitude: A Novel of Catalonia. 5th ed., translated and introduced by David Rosenthal, foreword by the author. Readers International, 1992.

Note on the Text

The Catalan text in this volume is taken from the second edition of Albert's *Obres completes*. Sometimes other texts were consulted for verification.

CATERINA ALBERT

"Ànimes mudes"
i altres contes

LA INFANTICIDA
MONÒLEG DRAMÀTIC EN VERS

Personatge únic: LA NELA

Celda pobra d'un manicomi; al fons, porta barrotada de ferro, que dóna a un corredor emblanquinat. En l'angle de la dreta, el llit; escampats per l'escena, els objectes necessaris i usuals en semblants llocs. Asseguda al llit, la Nela, arrupida, el cap entre les mans i els dits crispats en la cabellera revolta. Duu camisa de drap de casa, escotada i rogenca, amb arrugues al volt del coll i amb les mànigues fins al colze, com les que usaven les pageses de cinquanta anys enrera; faldilles velles i curtetes de blavets; cotilla de setí groc fosc, que serveix de gipó i, si es vol, un mig mocador tirat al coll. Va a peu nu. És jove, està esgrogueïda i té l'esguard extraviat, de boja. Tant en la disposició de l'escena com en tot lo relatiu al personatge deu imperar el més absolut realisme. Si per a major efecte es creu convenient, durant la

---

The *Infanticide* premiered the evening of 14 March 1967, starring Àngels Molls, at the Palau de la Música Catalana, in Barcelona.

representació del monòleg poden passar pel fons, de tant en tant, algunes persones, com empleats del manicomi, visitants, etc., que fins poden aturar-se per un moment, silenciosos, a mirar a l'escena de la reixa estant. En llevar-se la cortina, la NELA *està durant uns instants en la posició esmentada; després s'aixeca, pertorbada, fregant-se els ulls i baixa lentament a primer terme, mirant amb rancúnia el públic. Es mourà, alçant-se, asseient-se, passejant,* ad libitum, *de manera que no resulti monòton ni pesat el monòleg.*

Tingui's en compte que la Nela no és un ésser pervers, sinó una dona encegada per una passió; que obrà, no per sa lliure voluntat, sinó empesa per les circumstàncies i amb l'esperit empresonat entre dues paral·leles inflexibles: l'amor a Reiner i l'amenaça de son pare; aquell, empenyent-la cap a la culpa, l'altre, mostrant-li el càstig; les dues, de concert, duent-la a la follia.

Què hi fa, aquí, tanta gent?... Ja m'ho pensava...
Sempre, sempre el mateix!... Podien dir-me
que un cop ja fos a dins d'aquesta casa
ningú més me veuria... Era mentida...
Tots me van enganyar, tots, tots, a posta;
i don Jaume el primer, el fill de l'amo.
Aquí també, com allà dalt, me miren
i em pregunten, perseguint-me sempre...

I fins se'n riuen... Maleïts!... Ah, l'hora
     (Mostrant els punys amb ràbia.)
que jo pugui fugir i a clar de lluna,
camps a través, a la masia anar-me'n...
     (Amb sobtat esglai.)
A la masia?... Ah, no, no!... Hi ha el pare
que em caça arreu per degollar-me... Un dia...
     (Amb veu baixa i aterroritzada.)
ja va mostrar-me aquella falç retorta,
més relluenta que un mirall de plata
i més fina de tall que una vimella...
Va agafar-me d'un braç amb dits de ferro,
i fent-la llampegar davant mon rostre,
«Te la pots mirar bé», va dir; «la guardo
per tallar-te en rodó aqueix cap de bruixa
el dia que m'afrontis i rebaixis...
Mira-la bé, gossa bordella, i pensa
que encara tinc delit, i ella no és gansa!»...
I guaitant-me al gairell, tal com solia
d'un temps ençà, me rebotà per terra
i anà a la mola i... l'esmolà d'un aire!...
     (Escarnint la fressa d'esmolar, horripilada.)
Cada *xiiist!*... *xiiist!*... me resseguia l'ànima,
de viu en viu el moll de l'os fonent-me...
     (Amb espant, abaixant la veu.)

Mes... ja no hi era a temps... Ja feia dies
que havia entrat per la païssa l'altre,
i que a la gola i al barranc ens vèiem
mentre pare i germans tranquils dormien...

(Pausa breu; després, animada.)

Quan acabaven de passar el rosari
els donava el sopar tot de seguida;
i com que estaven fadigats de raure
amb la mola o el magall d'a primera hora,
amb l'últim mos cap a la cambra anaven
i s'adormien com infants de cria...
En oir sos rumflets, bona i descalça,
passava pel celler, a les palpentes,
atravessava per la cort dels poltres,
dava la volta al nyoc i a la porxada,
i aconseguida i tot pel gos de presa
que com anyell pertot arreu seguia,
entrava a l'hort i respirava alegre...
La celístia molts cops m'enlluernava
amb son pipellejar; i el cel, diria's
un cap sembrat d'esquerdissets de vidre...

(Amb deliqui.)

Feia una fresca i quietud més dolces!...
Si n'hi havia malgastat, d'estona,
sota la parra o el magraner!... Mes, l'altre
m'esperava allà prop, braços estesos

6

i un petó, i cent, i mil, a flor de llavi
per desgranar-los tots damunt mon rostre
tantost m'hi arrimés... I jo em delia,
tremolosa de por de no trobar-lo...
I a peu descalç, trescant com cabra daina
per sobre l'herba, de rosada humida,
collia al pas un gessamí, una rosa,
per dur-ho an ell, a mon Reiner... Quina ànsia,
si en fer la senya amb un xiulet de merla
a l'altra banda del barranc no oïa
una altra merla contestar joiosa!
Ja no corria, que volava, llesta
com si em xuclés de part d'allà la vida...
I... ans d'adonar-me'n, me sentia presa
en uns braços ferrenys i alhora trèmuls,
i amb mil petons al clot del coll i als llavis
i envolta en son alè, que m'abrusava,
com ovella fiblada defallia...

(Pausa breu.)

I tornava a aquest món... no sé a quina hora...
quan Déu volia o quan... volia l'altre...
perquè jo no era jo... feia sos gustos,
puix era amo de mi... Si jo el volia
més que a tot lo del món!... Que abans de veure'l
semblava una bèstia salvatgina
Escopia a tothom, tirava coces,

vivia entre els garrins, en les estables,
i ni sabia enraonar... Mon pare,
poc ne feia cabal, de la mossota;
altra feina tenia amb molí i terres!
i ell... m'ho va ensenyar tot... Primer, de modos,
després, de ser endreçada i curiosa...
que, en dos mesos només, va capgirar-me
que la gent del veïnat no em coneixia.
I encar no ho sé, com vaig poder agradar-li!
No semblava sinó que a cau d'orella
me deia Déu tot lo que fer calia...

(Pausa breu.)

De cap a cap, tota la vida entera
per mon desig, fóra una nit de lluna,
que sols de nit m'era possible veure'l...
No sabia deixar-lo!... Me semblava
que per sempre, en anar-me'n, el perdria...
tan llarg un jorn de sol a sol se'm feia
sens ell... Vint-i-quatre hores sense besos!...
vint-i-quatre hores sens sentir sa galta
entre mos pits encloterar-se, dolça,
i ses parpelles no aclucar amb mos llavis!...
I encar volien que el deixés per sempre!
Cert dia algú li va xerrar a mon pare
que em feia amb un senyor... Algú seria
que no va estimar mai... una animeta

seca com un buscall i que a hores d'ara
deu cremar a l'infern per la seva obra...
Perquè el mal que va fer!... Des d'aquell dia
mon pare semblà foll, guaitant-me sempre
mateix que un mal esperit, sempre grunyint-me.
Mentre a la mula i a la vaca cega
com a filles tractava amanyaguides,
tracte de mula o verra a mi em donava.
I tot per què?... Doncs, sols perquè l'altre era
un senyor!... Veus aquí la seva dèria!...
Com si fos, ser senyor, pecat dels grossos,
d'una mena de gent esperitada
de qui s'ha de fugir com del dimoni...
I el dimoni, talment, devia ésser
el meu Reiner segons el dir del pare...
Mes jo mai he sabut per què el temia!...
que ell valia molt més que els altres homes,
i era ardit i valent que dava enveja,
i caçava millor que el gran de casa,
i ballava amb més aire que cap jove
de cinc hores o sis a la rodona...
Que prou que vaig guaitar-lo aquella vetlla
que va fer un sarau la Baronessa
amb tota aquella gent de Barcelona
que l'estiuada van passar al poble...
Ell ballà tots els balls... De part de fora

prou me'l mirava jo... i amb tal família,
que no podia respirar ni fúger!...
Sinó que ell, l'endemà, ja va contar-m'ho;
que tot fou compromís, que s'avorria,
que enyorava el barranc, la pobra Nela...
I jo hauria jurat, mentre dansava
que ho feia ben a gust... Si era més ximple!

                                                    (Pausa.)

I després, ben plantat?... Més que el vicari,
aquell vicari que pel poble deien
que semblava Jesús... Doncs, i bon home?...
Senyor; si ho era més!... Jo pla ho sabia,
que em donaven, molts cops, sense voler-ho,
mitges temptacions d'agenollar-me
i poc a poc resar-li parenostres
com al Sant Crist de la capella fonda!...
Semblava... què us diré?... Semblava un home
diferent de tothom, d'una altra mena,
no sé com... fet de coses delicades...
Que dava un bo d'estar-hi prop... Xuclava
l'enteniment i el cor amb les ninetes,
talment com si fes beure seguitori...
I un li dava de grat lo que volia
fins ans que ho demanés... i ell ho pagava
amb abraçades i petons i festes
que valien molt més que camps i vinyes,

puix mataven de goig i retornaven...

Si tardava a venir i jo li ho deia,

m'estroncava la queixa a flor de llavi

(i em resava a l'orella lletanies)

en una llengua que no sé quina era...

la més dolça, ben cert, de les que es parlen...

La llengua que no saben els pagesos,

puix a dins del molí mai l'he sentida,

i això que el pare diu que s'hi ajusten

tots els millors hereus de l'encontrada.

(Amb mofa i desdeny.)

Tots els millors hereus!... Deixeu-me riure!

Tots els millors hereus... Fadrins de poble

amb el xavo, el clavell rera l'orella,

el cigaló pudent sempre a la boca,

la camisa confosa i destenyida

i els braços plens de pèls... Galants persones!...

Me feien sobrecor... Si s'acostaven

era per dir amb renecs i coses lletges:

«Si aniràs el diumenge a ballar a l'era,

a fora, amb el jovent o a jugar a cartes...»

I contaven foteses, presumint-se,

mirant-me d'alt a baix amb aires d'amo,

rublerts de vanitat, els ulls mig closos,

igual, igual, que donya Restituta,

l'esllanguida senyora Baronessa...

11

I per fer-me una festa?... Ja se sabia!

Me clavaven pessic o garrotada

que perdia, molts cops, el món de veure...

(Amb ira i fàstic.)

I aqueixos sí, que esqueien al meu pare!

Fins li feia, més d'un, peça per gendre...

Però a mi?!... Déu me guardi d'aquells homes,

amb tuf de gos de la suor covada,

després de veure an ell, net com un lliri,

flairant a gessamins i mareselva,

i a cent altres olors desconegudes

d'home ric, de ciutat, de casa bona...

Ves quin feia el goig d'ell!... Quin me daria

el pler que sobre de son pit trobava,

sentint que poc a poc perdia l'esma

i m'ofegava dolçament, com dintre

d'un jardí esclatat al clar de lluna!...

(Dolçament, amb èxtasi.)

Oh, Reiner, Reiner meu!... Clau de ma vida,

per què no em véns a veure?... Jo t'enyoro...

Estic sola, Reiner... tota soleta,

de dia i nit a dins d'aquesta cambra

esperant els teus braços que m'estrenyin

(Abraçant-se fortament a si mateixa.)

així, sobre ton cor, com altres voltes...

(Deixant caure els braços amb tristesa.)

Veus?... Això no és allò... Jo no sé fer-ho...

(Pessigant-se'ls amb ràbia.)

Semblen braços de pols, aquests meus braços!...

No me donen cap goig ni cap tortura;

No em fan perdre l'alè ni m'esparveren!...

(Exaltant-se gradualment i com parlant a algú que veiés.)

Reiner! Oh, Reiner meu!... Jo vull que vingues,

de seguida, a l'instant, que jo et vull veure!...

Que no escoltes, Reiner?... Que no tinc ganes

de menjar res; mes de tos besos, sempre!...

I te'n guardo aquí dins, entre mos llavis

a milions, per fer-te'n a tothora,

durant anys i més anys, fins que el món fini...

I que no els puc aguantar més... tots volen

fugir a córrer món per assolir-te,

mes jo no ho vull, que ni tan sols mos besos

han de ser ans que jo... que sóc gelosa

i te vull més que tot, i sempre, sempre!...

¿Oi que tan punt enllestiràs la feina

me vindràs a cercar?... Si tu sabies

les coses que he passat d'ençà que ets fora!

Saps, quan te'n vas anar?... ¿la nit aquella

que nos vam despedir en la païssa?...

Tu em tenies als braços i em juraves,

consolant-me amb petons, l'aigua bevent-te

que de mos ulls, com d'una font, corria,

que et mancaven només dos o tres mesos,
per donar fi als estudis... i un cop fossen
tots acabats, com un llampec, al poble
tornaries, rabent, per no deixar-me?...
¿Te'n recordes, Reiner, que jo, llavores,
abraçant-te ben fort i a cau d'orella,
te vaig dir, poc a poc, que ni em senties:
«Ai, Reiner del meu cor!... Jo em penso... em penso
que hi haurà alguna... cosa?»... Tu em miraves,
així, tot encantat... d'una manera
que em va fer riure sense tení'n ganes.
Que plaga! De primer, no m'entenies;
després, sí. Tant se val!... ¿No te'n recordes,
de què vull dir?...

(Amb sobtat esglai.)

Doncs... era cert!... Bé massa!
Des d'aquell jorn, quin trencacor! Quin viure!...
Que em miressin només, tornava roja,
que semblaven caliu les meves galtes...
Me temia que tots ho descobrissin
amb els aires tan sols...

(Pausa breu.)

Un dia, el pare,
me mirà fit a fit... «Per què no menges?...
No fas més que escopir»... «Perquè una mosca

m'ha caigut dins del plat»...—Era mentida,
mes tota jo m'havia quedat erta
amb aquella mirada i la pregunta...
I encara més... quan veig que el pare s'alça
i despenja la falç... i se la mira...
Ai, Déu meu, quina por!... Ja em semblava
sentir el *zast!* aquí...

(Fent, aterroritzada, acció de degollar-se.)
Que ho va prometre,
i no és home que trenqui la paraula;
que el seu geni, ja el sé... M'hauria morta
al bell punt de saber... i, si no m'erro,
ja ho va mig sospitar aquella vetlla...
I jo, pobra de mi, ¿com arreglar-me
perquè mai se veiés?... Si era impossible!...
Si anava passant temps!... Com fet a posta,
quan a tu t'esperava, els dies eren
llargs, tan i tan rellargs, que em consumien,
no s'acabaven mai!... Després, que hauria
volgut que cada jorn fos un quinquenni,
en un tancar i badar d'ulls passaven...
I amatent, amatent, venia l'hora...
¿Com ho havia de fer, tota soleta,
desemparada, sense tu ni mare,
i veient sempre relluir en la fosca,

rera la porta, aquella falç torcida
que em volia segar la gargamella?...
Déu meu, aquella falç! Quina basarda!
Per més que no volgués, fins a ulls closos,
la veia llampegar aquí dedintre...
     (Per son front. I ara, amb terror concentrat i a baixa veu.)
I... encar ara, l'hi veig!... fins quan m'adormo!...
        (Pausa.)
Vet aquí que el Ciset, el mosso, un dia,
jo el sento que conversa amb la del Tano
que vingué a moldre blat... I ella li deia:
«No repares, Ciset, que la minyona
s'ha posat, que en poc temps, peta de grassa?»...
I ell, el mosso, en oir-la, vinga riure,
amb un riure de llop que esfereïa.
«De què te'n rius?», li va preguntar ella.
«De res, Tana, de res... Que abans de gaire
n'hem de veure una que anirà als *romanços*...
Lo que és jo, al cap del mes, demano el compte
i ja m'hauran vist prou aquestes terres;
que amb la justícia, no m'agrada raure-hi»...
Ella, la dona, no el va pas entendre,
mes jo sí, tot seguit... que la fiblada
me punyí al mig del cor com una agulla...
Ja ho sabia en Ciset... quina vergonya!

A no trigar, també ho sabria el pare
i els germans i els veïns i tot el poble...
Quin rum-rum, el jovent, a la taverna!

(Pausa breu; avergonyida.)

I mentrestant, Reiner, tu no venies,
i ja havien passat... més de set mesos...
Jo et volia enviar lo que em passava,
mes, ai, pobra de mi! no sé de lletra
i fer escriure a algú més, crida de nunci!...
Si t'hagués vist a prop, era altra cosa;
hauria pres coratge de seguida;
mes, tota sola, me tornava lera.
Sentia grans desigs de fer-ne una...
O tirar-me a la bassa, o bé del sostre
penjar-me amb un llibant... Mes, quina ràbia!
A totes hores, al molí hi havia
un formiguer de gent... Fins a les tantes
molíem blat, que era l'anyada bona...
Jo em moria d'angúnia... Els sacs més grossos,
des de l'estenedor, sobre l'espatlla...
les cames me fallaven...

(Amb ràbia.)

jo, amunt sempre!
a veure si el dimoni se m'enduia...
i el dimoni, per ço, com si tal cosa!

17

No hi va valer estrenye'm la cotilla
fins a gitar i tot sang per la boca;
no hi va valer clavar-me garrotades
com el pare a la mula... Estava llesta!
No hi havia remei!... Tot se sabria
i la falç, a l'instant...

(Horroritzada.)

la seva tasca!...

(Pausa breu; després, amb espant i angoixa creixents.)

I, al fi... l'hora arribà... Una vetllada...
ja el molí no podia emprendre feina,
que en sobrava per més de quinze dies...
El pare, el mosso i els germans estaven
que no podien més; drets s'adormien,
que portaven, ja tots, tres nits de vetlla...
I la mola, per ço, que no s'aturi,
que s'ha d'acontentar a la parròquia
tant si es pot com si no... El pare, a taula
que diu així mateix: «Maliatsiga!
He dit a no sé quants que demanessin
per tirar avant la feina i, mans besades,
que ho daria de grat; i tots responen
que ara van rebentats; que és impossible»...
«I jo estic ben llassat!», el noi mormola;
i en Ciset i l'hereu: «Pitjor nosaltres!»
Jo que llavors, tot tremolant, poruga,

al pare, així li dic, sense guaitar-lo:

«Si vós voleu... jo la faré, la feina»...

I el pare gira el cap. «Tu, tota sola?»...

«Tinc prou braó... millor ajuda vaga.»

«De valenta, si vols... mes...», diu el pare,

ja mig temptat de reposar una mica.

Jo que, en un salt, encenc els llums i, arri!

té, té i té!... Al llit tothom!... «Cap a les dues

vine a cridar... tota la nit, no hi passo»,

torna el pare, i jo: «Au, aneu... aneu's-en!»...

I se'n van anar tots... Ai, ja calia!

que estones ha que em mossegava els llavis

per no llençar els xiscles que a la gola

muntaven ofegant-me... Quin suplici!...

I aní a les moles... quasi arrosegant-me...

i allà...

> *(Amb horror, parlant lentament i*
> *com si veiés coses esfereïdores.)*

Allà... va ser... Rodant, les moles

ofegaren els crits... I que patia!

que patia, Reiner, tota soleta!...

Soleta, no... després... que ja era nada...

Era petita així, com una nina...

i amb una caroneta més bufona!

Els ulls aclucadets, la boca oberta...

Me la vaig estimar tot de seguida!

Tant que em va fer patir, i no em recava,
no em recava ni gens, pobra menuda!
Semblava que feia anys que la tenia,
que la tindria sempre més... Sí, sempre!...

(Tot això amb tendresa, com afalagada pel record;
d'ací al final, amb angoixa creixent, amb
terror, amb desvari, segons ho vagin
indicant les paraules i situació.)

Pobra filla del cor!...

(Escoltant, esglaiada, de sobte.)

Sentiu la mola?!
Va rodant, va rodant, com... aquell dia...

(Corrent, agitada, d'una banda a l'altra.)

Oh, Verge Santa del Remei!... Que pari
aquest rodar, o feu-me tornar sorda!...
Que també mon cervell, balla que balla
aquí dedins al punt que sent la fressa...

(Pausa. Després, girant-se ràpidament
i com responent a algú.)

Que com va ser?...

(Amb dolor.)

Oh, no!... No em feu dir-ho!...
que sento fred... i por... Jo... no ho volia...
si ni ho sé... com va ser... De tan contenta,
quan vaig veure la nena, l'abraçava
i a petons, a petons, l'hauria fosa,
que mai més acabava d'atipar-me'n...

I tant vaig masegar-la, que la nena,
heus aquí que, de cop, la cara arrufa
i arrenca el plor... Un espinguet!... Jo em quedo,
lo mateix que el Sant Just de pedra marbre...
I la nena, quins crits!... Semblava folla...
Jo, d'esglaiada fins perdia l'esma...
quant a dalt... quint espant!... Sento que es tiren
a baix del llit i cops de peus descalços...
Era el pare; segur!... Verge Maria!
Com ho havia de fer, jo pecadora?
Eren passos rabents... cap a l'escala...
I... no sé... què passà... La falç vaig veure
relluir, tot de cop... aquí dedintre...

(Per son cap.)

i m'aixeco d'un bot... La nena... hi torna...
jo, li tapo la boca... mes... no calla...
i el pare... que està prop... Jo... esmaperduda,
corro cap a... la mola... i... mare meva!...

(Amb pregon terror, arrupint-se tota
i fent acció de llençar un objecte.)

Quin *xerric* que va fer!... Com... una coca!...
I encara, llençà un crit!... Un crit!... Deixeu-me!...

(Regirant-se violentament d'una banda a l'altra,
com per lliurar-se d'algú que la subjectés.)

Que no vull dir res més!... Pareu la mola,
que el dimoni la roda... per matar-me...
El pare... no el va ser... No ho sé... qui era...

21

que va entrar... allà dins... No me'n recordo...
Molta gent... molta gent... Tots me guaitaven,
amb uns ulls més badats!... com unes òlibes...
Mes el pare... res sap... Que no us escapi...
Calleu tots... calleu tots... que si ho sabia,
d'un cop de falç... la meva testa a terra.

(Amb viva angoixa, suplicant.)

No li digueu, per mor de Déu, al pare!...
De la nena, ni un piu... que no ho sospiti...
que per ço me n'he anat de casa meva
i m'estic aquí dins... perquè no em trobi...
Que don Jaume ho va dir... el fill de l'amo...
Fins que vinga en Reiner... i anem a França...

(Anant arrupint-se en un racó i
baixant gradualment la veu.)

lluny del pare... i la falç... i aquella... mola...
que no vull... que m'esclafi... cap més... nena...

(Al final, perceptible amb prou feina. Diu els darrers
versos amb la mirada clavada en l'espai, com embadalida.

La cortina ha començat a baixar durant el penúltim,
fins a metre i mig del sòl i a la darrera paraula cau de cop.)

L'EMPELT

—Noi, tu m'has fet favors i vull pagar-t'ho estalviant-te una enrabiada.

—Dieu, Pau.

—Vigila el pati: em sembla que et festegen les gallines.

—Ca, home! A casa mateix voleu que...?

—Fa pocs dies vaig veure un home aturat vora la porteta del pati: al veure el meu llanternó, va fugir i no el vaig conèixer; però ahir, quan jo em retirava de la primera ronda, altra vegada s'estava aturat al mateix lloc... Això no em va agradar i he pensat d'avisar-t'ho. Ara ja ho saps, i tu mateix: jo en quedo desencarregat.

—Us ho estimo, Pau; però, vaja... Tothom ja sap que de l'espitllera de la meva cambra puc clavar una perdigonada al que s'arrisqui dins de casa, i no n'hi haurà gaires, me sembla, que se'm vulguen posar a tret...

I el Noi somrigué, amb la seguretat del bon caçador a qui mai falla el pols.

—Pel sí o pel no, estigues previngut, creu-me... que jo ja tinc experiència i et dic que les positures no m'agradaren.

—Descanseu, Pau, i moltes gràcies per l'avís.

—De res, home. Per quelcom fem l'ofici.

I donant-se els bons dies, se separaren.

En Pau, el *sereno* del poble, amb el gec de les festes sobre l'espatlla, tirà cap avall, a mesicar un sac de blat de moro que li calia per a acabar d'engreixar els vedells, i el Noi Ordis, amb la vara de correigs sota l'aixella, començà a rodar ençà i enllà pel mercat, aturant-se per les parades, mirant els parells d'aviram de les pageses, enfonsant la mà en les veces del veí de camp, per veure com li havien reeixit en el terrer aspre, parant-se a descanviar dos mots amb un foraster conegut...

Sentint d'improvís que li posaven una mà sobre l'espatlla, girà el cap: de seguida arrugà el front, amb aquell aire de disgust que prenia involuntàriament sempre que veia son germà.

El *sereno*, plantat a una dotzena de passos lluny, mirant-se aquells dos homes aplegats, no es pogué estar de dir a l'amo del blat de moro:

—Vatua l'òliba! Ara veges qui diria que són germans de sang el Noi i el Petit de ca l'Ordis... L'un més bo que el pa de fleca i l'altre una mala pua que si Déu no hi té mirament pararà a galeres.

—Tens raó... I que, per ser tan bell empeltador, l'avi Ordis s'hi va ben lluir amb aqueix empelt! Tenia el gènere de bona mena i va encastar-hi brotall de la més bacona...

I l'home del blat de moro, satisfeta sa vanitat per la comparança que havia tret, esclafí una gran rialla, ensenyant totes les dentasses grogues i les genives de color de vi, com un cavall quan seïna.

—Si els penedits haguessin d'anar a Roma, el pobre avi no s'hauria pas estalviat la caminada. Mira que jo li vaig sentir dir més d'una vegada, tot consirós: «—Pensar que jo he fet semblant cosa, de la meva pròpia voluntat!...» I això ho deia pel Petit, entens?

—Oh, ja!

Era cert. L'avi Ordis havia quedat viudo als quaranta anys, amb un fill de dotze, i, sense saber ell mateix per què —per avorriment de viudo, per mala taleia de la sang, que sempre en fa una de mal feta, com deia ell, compungit—, s'havia *embolicat* d'amagatotis amb la dona pitjor del poble, una mossa vella, lletja, bruta, d'una joventut més negra i rebregada que un drap de llit de morts, i amb tal delera per l'aiguardent, que a mitja tarda s'adormia dreta en qualsevol racó. Darrera mostra d'una nissaga de brètols, ningú s'hi havia arrimat mai per cosa de bé, an aquella mossa: l'Ordis, que era un home entenimentat, treballador, benvist i amb possibles, volgué fer lo que havien fet tants altres; però, de sobte... va passar lo inconcebible. Consultà el cas amb sa consciència —perquè era home que en tenia— i, reconeixent que no hi cabia el dubte i considerant que allò era un càstig de Déu pel poc respecte guardat a la difunta, va casar-se per donar nom al fill escadusser que son pecat li tirava a sobre.

Tothom se feia creus de tal casament, ningú s'avenia de que, tractant-se de qui es tractava, l'Ordis portés fins a tal punt sos escrúpols; mes ell, a despit de tot, avergonyit i convençut de que anava a fer-se desgraciat per la vida, tirà avant sens vacillar. Però des d'aquella hora perdé l'alegria i sempre més se'l va veure capficat i pesarós.

La dona li quedà ximpleta i era l'escàndol del barri; el fill li sortí un perdulari acabat: a sis anys robava els diners d'un calaix de botiga, i a tretze van ficar-lo a la presó per haver anat a ganivetades en una taverna. Quan son pare el volia reptar, se'l mirava de fit a fit, amb una tranquillitat insultant de mesell, insensible a les amonestacions i a les patacades. Al veure això, el vell Ordis, tremolant d'ira i de vergonya, se n'anava a plorar a sa cambra, arrabassant-se els cabells i donant-se tota la culpa del que li passava.

Morí apesarat, amb la voluntat posada en el fill gran —tan treballador, tan bon minyó, tan seriós, tan intelligent—, i pregant-li, amb humilitat de pecador, que tingués compassió del Petit, puix no era pas ell el responsable de la deshonra de la casa.

Mort el vell, passaren els mals de cap a l'hereu, que se'n vegé de totes amb son germà. Perquè en un prompte l'havia tret de casa, en vista dels escàndols que donava a dins mateix i de que maltractava despietadament a sa mare ximpleta, se trobà cridat a judici demanant que li pagués de seguida la llegítima. Com havia complert l'edat, l'hereu pagà religiosament, però de llavors en avall, els dos germans amb prou feina se miraven la cara; mes el gran —el Noi, com li deia tothom—, estava malalt de sentiment i de vergonya cada vegada que el Petit donava que dir al poble amb alguna feta de les seves. Així és que no en podia sentir parlar que el cor no li donqués una sotragada ferma i no se li arrugués el front amb aire d'alarma i disgust.

Aquell dia, sentint sobre l'espatlla la mà de l'altre, se féu un pas enrera, amb una extremitud de repulsió inevitable.

—Hola, Noi! —va fer el Petit, amb aquella rialleta cremadora que solia gastar.

—Hola —digué l'hereu, secament. —Què vols?

Perquè ja sabia que quan son germà se li acostava era sols per a destralejar-lo. L'altre tampoc ho amagava.

—La dona ha de pastar i no té llenya per al forn. No me'n podries donar una braçada?

—Vés a casa i pren-la.

I, sense esperar les gràcies, girà l'esquena i se n'anà; mes ja tenia el mal humor per tot el dia. No s'entretingué ja en cap parada ni s'aturà a conversar amb ningú més: per a esbargir-se sortí del poble i a la tarda repetí el passeig.

Quan a entrada de fosc tornà a casa, la dona li va dir:

—Ha vingut aquell reconsagrat del Petit i s'ha estat mitja hora al cim de la llenyera triant els mellors troncs i dient que tu ja li havies donat llicència... Jo volia privar-l'hi, però m'ha fet por, amb aquella cara de gat que sembla que va a envestir.

El Noi sentí que una foguerada li encenia les sangs; mes, per a evitar converses inútils, demanà un fanal i sortí a donar una vista a les portes foranes.

Resseguí tota la casa d'esma, mirant maquinalment. Com tothom sabia que dormia amb l'escopeta al capçal del llit i que no errava el tret, no tenia cap llei de por de la gent del país; però sempre podia escaure's un pillastre passavolant.

Repassada la casa, sortí al pati i examinà la porteta que donava al carrer de darrera i en punt força desert i allunyat de la finestra de la cambra. D'aquella porteta havia parlat en Pau, i, amb tot i ésser l'únic lloc una mica perillós, no hi trobà novetat.

Va entrar-se'n a la caseta del pati, quins alts servien de graner i quins baixos de joquiner i païssa. Les gallines, que dormien en les perxes travesseres, totes estarrufades, al veure llum abaixaren el coll estirat, piulant poc a poc i encantant sos ulls rodons. La flameta immòbil del fanal destriava a mitges les ombres tres passos entorn del Noi, i es destacaven en la foscor, mateix que taques de sang, les notes vives de les crestes.

Traspassant enmig d'elles per a agafar l'escala del graner, l'hereu Ordis se digué a si mateix, tot guaitant amb afecte aquells animalets ensopits:

—Veiam qui serà el *maco* que les toqui! Prou queda al seti!

A dalt tot era un badiu, sense més obertures que el batiport de l'escala i una finestra que donava al pati, sobre la llenyera. Del sostre penjaven dues cordes d'espart aguantant una barra en forma de trapezi, i sobre la barra hi havia estesos els sacs, per a salvar-los de les rates. A terra tot eren piles de civada, ordi i blat, i arrimats a la paret, la restinyera de canats de canya, en quins ventres cilíndrics hi havia les veces, fosques com mulates, les faves de cara camusa i les cairetes de blanca pell de noia... el fruit sencer de la collita, encara no escarbotat per la venda.

L'hereu, amb la nansa del fanal en el ganxo del dit, s'aturava de pila en pila, mirant-ho tot acuradament, engrescant-se amb la grogor esblaimada de l'ordi, que semblava talment una bassa d'oli refinat, preocupant-se dels granots de cugula que mostrejava ací i allà la civada, enfonsant temerosament la mà enmig del blat, per a veure si era calent...

Arribà a la finestra i aixecà el fanal: un llisquet no estava tancat i anà per a girar-lo, però així que el tocà, el llisquet se li quedà als dits com si només hagués estat enganxat amb saliva. Se'l mirà sorprès i va adonar-se de que havia seguit clau i tot. Estirà l'altre llisquet; només estava encomanat també, i amb un res seria tret. El cor li va fer un salt, a l'hereu, i, deixant de pressa el fanal a terra, cuità a mirar la finestra detingudament: tots els ferros que donaven de l'altra banda de fusta havien estat destorcits i amb una empenta suau la finestra s'esbatanaria sense resistència. L'hereu s'esblaimà: els bergants no li anaven pas per les gallines, com es pensava En Pau, sinó per la flor de sa pobresa! Sort de l'avís!

Deixant el fanal dins del graner, se n'anà a casa per la manta i l'escopeta, disposat a passar-se la nit de vigilància. Sopà en una esgarrapada, parlant a la dona només que de l'avís d'En Pau i de son intent d'engegar un tret enlaire perquè no s'acostés ningú: callà el rest de la veritat per a no esglaiar-la.

De nou al graner, tirà la manta a terra i s'hi tombà a sobre, tapà amb un pany el fanal encès i, amb l'escopeta al peu de la mà, va esperar.

La nit era rúfola i espessa, i, encar que feia lluna, la tapaven sovint amples nuvolades negres que s'arrossegaven mandrosament d'una banda a l'altra del cel. L'aire era pesat, com si s'acostés tempesta, i de tant en tant ratxes isolades de vent de grop feien rossolar sobre la paret de la caseta les branques de la figuera del pati del costat, amb un ric-rec agre, d'ungles que esgratinyessin; i estremia d'improvís l'espai, com un crit d'alerta, un cant de gall, inquiet i penetrant.

El Noi, avesat a ficar-se al llit d'horeta, de seguida agafà son i per a distreure's destapà el fanal i es posà a escoltar tots els remors de fora; per sort, passaven colles de fadrins baladrejant al llarg del carrer per a cridar l'atenció de les minyones retirades, i els scus bruels alegres el deixondaven a ell i a la faró del gresol, que pampalluguejava, tota resplendenta, com si volgués prendre part en l'esvalot. Mes, així que s'anà fent tard, les remors s'esmortiren i no en quedaren altres que el ric-rec de la figuera i el toc de les hores que queien de dalt del cloquer com gotes ressonantes, pesadament, calmoses i suspenent-se i vibrant pels aires abans d'arribar a terra. Llavors la faró del gresol, aquietant-se també, s'encongí, immòbil, a l'entorn del moc, com disposant-se a fer un cluc-ull, i el Noi, decantant el cap, trencà, sense donar-se'n compte, la primera becaina i d'aquella una altra. Ses mateixes becarrades el feien despertar a cada punt, sobtat i amb una esma d'alarma, com si fes un mancament. Se fregava els ulls, bellugava les espatlles, espolsava el cap o es gratava l'orella, i, mercès a

31

tals maniobres, lograva un minut de claredat, per a tornar de seguida a son sonet de llebre. No havia volgut fumar perquè un cigarró és massa bon nunci, i no sabia què fer per a deixondir-se. Les hores, entretant, semblava que es prenguessin el picar amb més catxassa, i cada vegada tardaven més a caure i queiem amb mandra més pronunciada i monòtona: ja havien tocat les llargues, i el rellotge tornava a les petites, quan vet aquí que un cert esgratinyament que no semblava pas el de la figuera, tingué la virtut de desvetllar en un santiamén el vetllador; per instint tirà una mà sobre l'escopeta i amb l'altra un pany de manta sobre el fanal. El fanal va aclucar-se repentinament i tot quedà a les fosques.

La fressa era en el llenyer: algú hi trefullava amb compte i tota la balcera cruixia poc a poc, amb cruixidetes breus i seques.

L'hereu posà un genoll en terra i sobre l'altre hi descansà l'escopeta al punt de dalt. El cor ni el pols no li tremolaven pas, però tampoc tenia rastre de teranyines als ulls. Amb tota serenitat i parant sempre amb els ulls ben oberts la finestra, va percebre un rautar de peus i mans per la paret; amb tota serenitat sentí, acte seguit, empènyer la finestra, amb tota serenitat la vegé obrir-se i passar, de primer, un feble raig de lluna, després un peu descalç i una cama i una altra cama; amb tota serenitat vegé caure un home dins del graner i estirar el coll endavant per a llucar en la fosca. Però, així que aquell home donà el primer pas, la serenitat del Noi s'acabà de repent, com un llum que s'apaga d'una bufada. Féu un surt violent, i l'impuls d'encarar-se l'escopeta se li paralitzà.

Romangué immòbil, ert, sense saber lo que li passava. L'intrús se n'anà, llest com una daina, cap al trapezi dels sacs, n'estirà un i el féu seguir. Amb la mateixa llestesa, ajocat vora la pila del blat, començà a tirar-ne amb les dues mans a dins del sac, enrotllat entre sos peus, i quan fou mig, amb la mateixa llestesa l'ensacà i tornem-hi: blat a dins altra vegada...

A quatre passos, arredossat en l'ombra, el Noi se'l mirava, la vista fixa, l'escopeta al punt de dalt, de nou mestre de si mateix.

De cop se féu nit negra, com suara; una nuvolada havia tapat la lluna. L'intrús llançà un renec a mitja veu, però, en el mateix punt, va sentir-se rebatut per terra i encastat d'esquena a les rajoles. Li tenien un peu sobre el ventre i un canó d'escopeta enfonsat al pit.

El fanal badava, com espaumat, son ull de foc; a sa claror entelada, els dos germans se guaitaren, blancs com la paret.

—Lladre! Bandoler! —esclatà l'un.

L'altre barbotejà una maledicció afrosa.

—Aquí et tinc d'acabar!

—Mellor! Acaba'm!

I el Petit, redreçant la testa com un serpent i revinclant l'espinada, s'abraçà al canó de l'escopeta: sa alenada d'aiguardent confegí amb energia feréstega:

—Acaba'm, au!... Si no ho fas tu, ho farà un altre... Ja no me'n puc estar!...

Aquell udol miserable, aquella confessió sincera del criminal nat, que se sent precipitat cap al delicte per una força atàvica irresistible, desarmà sobtadament el Noi: son peu se féu enrera, el canó de l'escopeta va aixecar-se, i el bon home se passà la mà gebrada pel front roent, tot aturat, com si acabessin de donar-li un cop de mall al cap. Li semblà que la veu de pecador li repetia aquelles paraules: «Tingues compassió d'ell... que no és pas el responsable de la deshonra de la casa!»

Al veure's lliure, el Petit se posà de genolls, espolsant-se maquinalment la brusa, i, mirant-lo cara a cara, amb tota tranquillitat, tornà amb sa veu ronca de borratxó crònic:

—Mata'm, home! Aquí em tens!

El Noi girà la cara i s'apartà com qui s'aparta d'un precipici.

—Ets fill del pare i no puc matar-te... Però vés-te'n, vés-te'n de seguida del meu davant i... que Déu te perdó!

No es digueren cap més paraula; però, així que el Petit va ésser fora i l'hereu se vegé sol en la solitud d'aquell graner que tancava tota sa pobresa, mossegant-se el llavi amb muda desesperació i estrenyent-se el cap amb les dues mans, se posà a plorar com una criatura.

La flameta, groga com or i fixa, fixa, se'l mirava a través dels vidres entelats del fanal, mateix que fos un ull viu i intelligent.

L'ENVEJA

Entre les roentors d'aquella posta, que era un deliri de colors encesos, caminava serena, reposada, amb una majestat solemnial, com una gran deessa camperola. Son bust, rublert de saba, trontollava suaument, amb un ritme sever ple d'harmonia, com la d'un poema clàssic, i sota del gipó s'hi endevinava el pit dret i sencer com un portent d'ivori, mentre a l'entorn del rostre, blanc i massís, a tall d'ametlla tendra, la cabellera, rossa —ros d'espiga madura—, li feia un nimbe d'or; i amb aire de corona d'un ufanós imperi, imperi fill de l'excelsitud de la matèria, duia sobre del cap una panera que no semblava d'esquerdalls de canya, sinó de llenques d'or entreteixides. Dins de la panereta resplendien, amb son esplet de vives coloraines, les primícies de la fruita novella, com un dolç *Déu-vos-guard* de primavera.

Tornava d'un hortet de terra parda, de collir-hi la fruita primerenca, amb un goig voluptuós de jardinera que esponcella les branques per a fer un pom vistós, present de recatada prometença; i encara se sentia commosa de l'esforç, tots trèmuls els marins i humida de suor la pell de mareperla.

Caminava serena i reposada, com qui va per camins erms de misteris i sorpreses traïdores; com qui està refiat de què l'espera la pau d'una agradable companyia. Sota del cel roent, tot ell deliri de colors encesos, s'hauria dit que era una flor superba a punt d'esbadellar-se, a punt ja de granar i treure fruita. Mes, no: era una flor que al fons del calze duia el rosec d'un corc; el gra, el fruit que es pressentia en ella, com en la branca vigorosa i feta, no esdevenia mai. Al poble, de motiu, li deien *Forra*, perquè feia deu anys que era casada i les seves entranyes restaven infecundes com entranyes de verge. L'amor havia pres posada en ella com un bon Déu que alegra amb sa presència, mes que no fa cap do; la convertí en esposa, mes no en mare. Son marit, un bon noi de terra cuita, se la volia amb un estrany desfici; fins la volia massa, segons deien les comares del barri, que darrera les portes ajustades espiaven la vivor d'una abraçada o l'espetec d'un bes, en la penombra del celler dels nuvis. Però aquests, pensant sols en estimar-se com un parell de tórtores, van passar temps i temps, fins que cert dia, d'improvís, repararen una cosa, que no havien notat fins aleshores. No tenien cap fill! I es van mirar sorpresos, com si se preguntessin l'un a l'altre el perquè de l'absurd; mes com no van saber què contestar-se, tots dos van quedar muts.

Però si fins llavors no coneixien lo que fos un anhel sense mesura, d'aquell dia en avall ja van saber-ho. A son goig de voler-se perquè sí, amb deliri egoista, s'hi barrejà l'escalf d'un nou desig: desig de que l'amor que se tenien pagués en bona llei lo que devia.

Ja no era un impuls inconscient lo que unia sos llavis, sinó certa esperança falaguera d'una nova ventura més serena. El pensament del fill, mateix que una corrent misteriosa, los atreia sovint l'un cap a l'altre, i ella s'enrojolava, i ell, trèmul i esblaimat, se la mirava amb una humil tendresa, com si anés a endreçar-li una pregària; com si reverenciés en los encisos d'ella l'encís d'un nou encís pròxim a nàixer... I anaven esperant, amb frisaments de goig i amb inquieta confiança, el gran adveniment.

Mes... va passar un any, després un altre, sens un menut senyal; i marit i muller, impacientant-se, van sentir que l'angúnia els corprenia: son anhel, poc a poc, va concentrar se, va anar fent-se tossut i es tornà idea fixa. En aquell punt lo poble olorà el drama, i, amb son instint pervers de bèstia inferior, clavà la urpada al punt que més dolia i els anomenà *Forros,* lo motiu pregoner de sa desgràcia.

Llavors en lo front d'ell una ira mal covada hi gratà un solc profund, i en los serens ulls d'ella un deix de melangia enyoradissa hi destrià reflexes de tristesa.

Mes encar l'esperança persistia, puix sos cossos sencers, gentils i joves, los hi semblaven bona prometença i la millor penyora d'esperança.

No tenien fillets, i ben xamosos, tants de sers imperfectes? Doncs, ¿per què ells, que no ho eren, no havien d'infantar una niuada d'àngels d'anquetes toves i ullets com un cremell?

Ai! Aquells bons esposos no sabien que en los jardins humans, com entre plantes, lo plançó més bonic no és pas lo que més lleva... potser per massa saba. Lo que se'n va en ufania es perd en fruita, i els amors més roents los més estèrils.

Per això, tal vegada, anaven passant mesos, i d'aquella niuada tan volguda ni el davanter eixí: fins que poc a poquet l'esperança sagrada, acaronada amb tant d'anhel, un dia, començà a destriar-se com una fumarella d'un foc que no ha esclatat ni una guspira.

Una vegada més no havia estat lo que semblava que hauria hagut de ser; una vegada més en lo jardí dels somnis s'havia desfullat una poncella sense haver-se badat i sigut rosa.

Mes, amb tot, als deu anys de matrimoni encara s'estimaven amb igual voluntat, igual constància, però sense cap ànsia ni deliri. Son afecte profund, inalterable, era el de dos companys que van plegats per la mateixa via i estan predestinats a una comuna sort o desventura. Vivien resignats, i al creuar-se tranquilles ses mirades ja no traïen la passada febre; ja no se preguntaven: —Qui sap?... Potser a la fi...— Però sobre el front d'ell hi havia quedat aquella arruga, fruit del neguit d'un dia, i en los serens ulls d'ella lo deix de melangia enyoradissa que afinava sos trets i els ennoblia; i a tots dos al plegat, a tall de patrimoni indivisible, lo motiu verinós: lo nom de *Forros*.

I tornava de l'hort la bona esposa, coronada de fruita primerenca, rient amb son esplet de coloraines. A l'arribar a casa, amb un somrís d'amiga que no oblida a l'amic per lluny que el tinga, buidaria el present sobre la taula i li diria: —Mira quin bé de Déu! La duc expressament perquè la tastis...— I anava caminant, calma i serena, com una gran deessa camperola; i l'esclat fantasiós d'aquella posta li tenyia amb reflexos purpuris, com sang d'una matança imaginària, los braços ferms i gràcils com pilarets de marbre, i la cara escaienta.

Arribà als magraners d'aquella feixa, i amb una gran sorpresa sentí aquell cop de cor i aquella angoixa estranya que l'havien ferida a la pujada i que van perdurar bon tros de tarda mentre enasprà a les mongeteres tendres i abeurà son hortet rega per rega.

Sols que ara era més viva aquella *cosa*: com un encegament, una frisança, un desfici que feia defallir-la, clavant-li els peus en terra i els ulls en aquells arbres, comboiats en un clos, com guardes aturats de la planura.

Lo sol s'havia fos, i sos darrers esclats luxuriosos foguejaven pel cel com foguerades d'un incendi llunyer, enrogint i velant amb pols de porpra lo clap de magraners. I an ella van semblar-li com molts dies enrera encara ensagnantats de sa florida; sols que d'aquelles flors no en quedava una i en son lloc apuntaven les magranetes noves, mateix que caparrons de reis de nines, tots amb sa coroneta retallada.

Oh aquelles magranetes tan menudes, si en tenien d'encís aquella posta!

Sentint venir el capvespre, adelerat com una mala nova, entre remors de grills i de misteri, fent un suprem esforç, amb tota l'ànima, donà un pas endavant... Mes aquella recança tan immensa de nou li féu girar lo cap enrera, i els ulls, enyorançats com ulls d'ovella, se li ompliren de llàgrimes: d'unes llàgrimes folles, brollades de cap pena coneguda, mes d'un anhel atzarador, sens límits. I reculà un pas, dos, per a entrar en la feixa... mes, de sobte, esverada fugint la temptació que l'obsedia se va posar a córrer com un infant poruc que pensa en los fantasmes de rondalla.

Amb les mans aguantava la panera, feta de llenques d'or entreteixides, i en son rostre esblaimat un torbament aconseguia a l'altre.

Al ser als corriols de vora vila, se posà al pas, suada i angoixosa.

I trobà homes i dones que tornaven del clos amb lo fato a l'esquena: donaven tots la *bona nit* amb mandra —amb la mandra que deixen vuit hores de treball a la soleia—, i ella ni els hi tornava, i, per a no rompre en plor, se mossegava el llavi, molsudet i vermell com les cireres.

I anava barroera, empesa pel desig d'arribar a casa. Al traspassar la porta deixà al sòl la panera i s'aclofà damunt d'una cadira. Son marit, al sentir-la, va sortir a la porta de la cuina, amb la rialla als llavis.

—Que tard que has arribat! Tot esperant-te, ja t'he cuit lo sopar...

—Ai! Déu t'ho pac, fill meu! Si tu sabessis...

I sentint-se reviure, amb lo raig de bondat que l'acollia, cuità a parar la taula, i es van asseure. Mes tantost aixecava la cullera per a començar la sopa, va tornar a ferir-la amb gran malícia, com una fuetada, lo pensament traïdor de les magrancs, d'aquelles magranetes, nues tot just de sos bolquers de grana.

I apartà el plat amb fàstic, i, esclatant un sanglot, fugí escales amunt com una boja.

L'home, ert de sorpresa, quedà bocabadat; després pujà corrent darrera d'ella. La trobà dins la cambra, amb lo cap sobre el llit, plorant desconsolada. L'aixecà, esmaperdut, mirant-li el rostre... Llavors ella, incapaç de contenir-se ni amagar més l'angúnia, l'abraçà fort, ben fort, fins a ofegar-lo, i l'hi confessà tot, acabant poc a poc, com en un somni.

—Sinó que no pot ser... quasi diria... que dec estar... i que això són enveges...

Lo marit la deixà com si una fona l'hagués ferit al cor. Sense color als llavis, amb los ulls esglaiats, la mirà fixo, i, esclatant un gran crit arran de gola, que va fer so com d'orgue enrogallat, l'aixecà a pes de braços, posant-la sobre el llit com una ploma; i ubriagant-la amb un ruixat de besos i acotant el seu cap sobre el pit d'ella amagà dugues llàgrimes roentes. D'ençà que era home fet, sols havia plorat una altra volta: lo dia que perdé a la seva mare.

Ell mateix, poc a poc, va despullar-la, amb un profund respecte, com si fos una imatge venerada; li besà els peus descalços, l'abrigà dolçament, i al fi va murmurar-li a cau d'orella:

—No et moguis pas, que torno de seguida.

I, somrient amb misteri, a salts i a bots va davallar l'escala.

Sobre aquell llit d'Olot, amb flors i àngels en la capçalera, la dona, mig ajaguda, los ulls lluents entre la inflor dels parpres i les galtes enceses, esperava, esperava, lo cor avalotat, tota ella concentrada en l'anhelosa espera.

Passà un quart... quelcom més...

De sobte retrunyí tota l'escala amb gran remor alegre i entrà ell, lo marit, panteixant de la folla correguda, i, sense dir un piu, abocà sobre el llit la presentalla: una cascada verda, una gran degollina de caparrons pintats, tots amb sa coroneta retallada; cada un, al rebotar, prenia una espurneta de la llum del gresol, com feble esclat de vida.

La nova mare s'adreçà anhelosa, amb una extremitud de tots los nervis, badà els ulls resplendents, ubriacs de desitjos, i enfonsà, amb avidesa, les dues mans enmig de les magranes.

Se posà a mossegar de l'una a l'altra amb estranya delícia ardidament, amb ànsia esbojarrada, aquella fruita insaborosa i verda, que de tant aspra feia fer ganyotes. Déu sap quanta en menjà! Fins que, rendida, deixà caure son cap sobre el coixí, i els braços s'aturaren d'ells mateixos.

Mentrestant, lo bon noi de terra cuita, en ple deliri, mut, la contemplava amb la boca entreoberta i amb una gran mirada, imbècil a força d'emoció: la mirada amb què es mira tot allò que corprèn sense capir-ho: los grans misteris que han d'engendrar la Sort o la Desgràcia.

CONFORMITAT

Les campanes brandaven lentament, planyívolament, amb llargs tocs espaiats i tristos que omplien el cor d'angoixa. Semblava que el campaner fos un artista que sabés remoure el caliu d'amor que hi ha en el fons de totes les ànimes, fins les més eixarreïdes, per a fer-ne brollar una flamarada de sentiment i misericòrdia fraternal.

Tot entorn de l'entrada, assegudes en cadires mitjanes arrambades a la paret, una renglera de dones, immòbils i amb els braços plegats, s'estaven en positures recollides i afectant en els rostres un gest dolorós, amb les celles enlairades i els parpres caiguts. Semblaven una guarda misteriosa d'estàtues parlants, que seguien a cor el rosari que amb veu entera i saludable deia la dona llogada, presidint el rotlle d'allà estant, al fons de tot de la paret frontera al carrer.

Penjat d'un clau en un racó, el llumet d'oli parpellejava neguitosament, com un ull malalt, removent amb ses esmes de claror rovellosa les ombres insegures que, com grans cortines de glassa negra, endolaven la peça.

Més endintre, en la cuina, completament fosca, la família, aplegada, feia com un tornaveu distret al marmoteig monòton de l'entrada.

—*Pare nostre que estau en lo cel...* —deia la dona llogada, en to llastimer i sense inflexions.

—*... Nostre pa de cada dia donau-nos, Senyor, en lo dia d'avui...* —responia més baix el cor d'estàtues adolorides.

—*... donau-nos, Senyor, en el dia d'avui...* —zumzejava a rerassaga el murmuri apagat dintre la cuina fosca.

I es percebia una lleu fresseta de rosaris bellugats, i les campanes de la parròquia... *ning! nang!... ning! nang!...* esgranaven damunt del poble, aclofat en la pau del capvespre, son planyívol toc de difunts.

De sobte, l'avi, el viudo, s'aixecà del mig dels seus i, sense fressa, com si no toqués la terra, pujà escales amunt. Quan ja era cap als darrers graons, l'escala de fusta cruixí.

—Algú puja   bleixà la jove amb un sobresalt.

—El pare —confegí l'hereu amb veu imperceptible.

I reprengueren mansament el rés.

A dalt, una feble resplendor eixia de la porteta del passadís: era la del llum que vetllava la morta.

L'avi, el viudo, entrà en la cambra: duia els braços penjant i el cap damunt del pit. Arran del cèrcol vermell de la barretina, girada del revés, li blanquejaven els cabells com un moixell de cànem; el mocador de merino negre, entortolligat a tall de bufanda, li tapava la barba i la boca; son pit semblava més ensotat que de costum sota el tricot, i l'esquena més sortida.

S'acostà al llit a poc a poc, arrossegant els peus, com si no els pogués fer seguir. Sobre la frescor del llençol estava estesa la difunta, tota encarcarada, vestida de negre, amb els braços estirats i les mans grogues, color de llautó brut, creuades damunt del ventre; pel mig dels dits li eixien els rosaris de catxumbo, la borla dels quals, d'un blau perdut, havia relliscat cap a la cuixa esquerra i penjava, amb els torçals escabellats, com la perruca estesa d'una dona que s'estimbés. El cap reposava en el pla del llit, més baix el front que la barba, amb el mocador negre posat i un altre de color plegat i passat com una bena per les barres i lligat dalt de la closca per a evitar que es badés la boca del cadàver: i la boca, closa a la força, feia a baix de la cara una llarga tavella travessera, amb els llavis cap endins, xuclats pel trau de les genives sense dents. Arran de la tavella el nas, refilat com un bec d'ocell, ensenyava els badius, llargs, negres, badats. Els peus, sols amb mitgeta de lli, estiraven les dues plantes juntes, planeres, tètriques com mans parades que volguessin aturar als que entraven.

Malgrat l'airot que passava per la finestra, oberta de bat a bat, com bleix per la gola d'un monstre quiet, dintre la cambra se sentia un tuf estrany, tuf d'èter de la darrera medecina que la malalta havia pres, i tuf de cera dels ciris del combregar. En la tauleta de vora la porta, un gresol de fanal, dintre un platet de terra, espeternegava de tant en tant, com si tingués sal en el ble; i al costat del plat, les sabates de la difunta semblaven fer-li companyia. No les hi havien posades perquè calçar un mort porta desgràcia: el mort que se'n va calçat al cementiri, abans de l'any fa seguir un o altre de la família.

L'avi, el viudo, s'aturà vora la capçalera; tenia els ulls secs com dos bocinets de vidre entelat, i al llarg de les calces li tremolaven les mans, ronyoses i endurides com urpes de miloca, amb aquell tremolor crònic que el feia inútil per a tota mena de treball. Aixecà el cap lentament i mirà la morta: feia més de vint anys que no se l'havia mirada així, a dretes, per impuls voluntari. Se la mirà, però com se mira una cosa que no es coneix ni es té enveja de conèixer-la: amb una mirada apagada, freda, més morta que la morta mateixa; i veié un front llis, amb la pell tibant, com encolada sobre els ossos, i un coll magre, desnerit, que groguejava entremig del gipó i els mocadors com una pelleringa de sagí ranci. L'avi, el viudo, sentí que una mena d'estranyesa furgava dintre d'ell, fent-li semblar que aquella dona enrampada no havia estat mai la mateixa dona amb la qual es casà i visqué tants anys; i estranyat d'aquella estranyesa, es quedà guaitant el cadàver amb mirada fixa, com si també a ell se li haguessin aturat per a sempre més les ninetes entremig dels parpres.

Mentrestant, per la gola fosca de la finestra seguien entrant els planys adolorits:

—*Pare nostre que estau en lo cel...*

—*Ning!... nang... ning!... nang!...*

—*perdonau nostres culpes així com nosaltres perdonam...*

I pel trau de l'escala s'enfilava suaument el murmuri rerassagat de la cuina:

—*... com nosaltres perdonam... nostres deutors...*

De sobte, per l'espessitud quieta del cervell de l'avi, hi passà la llum d'un pensament com passa un raig de lluna per la clariana d'una selva primitiva. Pensà que aviat aquelles campanes tornarien a brandar a morts, i les dones, immòbils, a resar el rosari en l'entrada. Sinó que ell ja no ho sentiria: ell s'estaria enrampat, ert, sobre aquell llit matrimonial, allà mateix on ara s'estava la dona. Aquell pensament fou clar, d'una claredat esblaimada i neta; però a l'avi el deixà serè i tranquil com si mai hagués passat per les tenebres del seu cervell, com si no li hagués fet veure res. Ni el cor reforçà gens son tic-tac arítmic i feble de maquineta gastada, ni els vidres entelats relluïren al pas d'una llàgrima. Ell ja sabia que era vell i que els vells s'han de desprendre de la vida com es desprèn de l'arbre el fruit madur. Això era natural, i lo natural no tenia res d'esparverador per a l'avi. Cada company o companya del seu temps que *se n'anava,* semblava ensenyar-li el camí i fer-li senyal perquè el seguís; i ell estava disposat a seguir-los sense fer-se pregar. Al capdavall «què tenia de fer-hi en aquest món?», es deia. A la seva hora havia complert com un home, mes ja no podia aixecar el tràmec ni engrapar el podall, i feia temps que l'hereu i la jove duien el regiment de la casa i no hi tenien prou lloc per a encabir-hi els menuts. Calia, doncs, fer-ne, de lloc: aquella cambra pidolava hostes nous, i ell, l'avi, els la deixaria de bon grat. Ara, a més dels seus companys, ja el cridava *allà al cim* la dona, la que li allargava la mà per ajudar-lo a travessar la passera que separa un món de l'altre. Que ho fes ben aviat, com més aviat millor!... I l'avi mirà la morta, com fent-li present aquell secret desig, amagat darrera ses ninetes entelades i fixes. Mes, com si de prompte el sobtés la por de que la dona havia d'oblidar-se d'ell i deixar-lo solitari sobre la terra, tingué una inspiració per a fer-li memòria.

A poc a poc, arrossegant els peus que no el volien seguir, amb el cap sobre el pit ensotat i l'esquena més sortida que mai, s'apartà del llit i s'acostà a la tauleta, allargant ses mans trèmules; i semblà que en veure aquella acció del vell les dues sabates de vellut, germanívolament aparellades i mogudes per un impuls misteriós, s'avançaven cap a ell perquè les agafés més aviat.

I l'avi les agafà, tornà cap al llit, i a la claror pampallu-
guejant del gresol, que espeternegava com si tingués sal
en el ble, calçà tranquillament, serenament, els peus en-
rampats de la morta.

Per la gola negra de la finestra entraven dintre la cam-
bra les darreries somortes del rosari que s'acabava, i
l'espaiós i desolat *ning!... nang!...* de les campanes.

ÀNIMES MUDES

Els Perons i els Xuriguers tenien els camps que es tocaven, i d'aquest veïnatge havia vingut, molts anys enrera, la renyina de les dues famílies. Per a esbrinar qui tenia major dret sobre el camí que enmig dels dos camps passava, els rebesavis tingueren fortes disputes, van anar per justícia, van gastar tots llurs possibles pledejant, per a venir a quedar a fi de comptes amb el camí en comú com l'havien tingut sempre, i a més també, en comú, una rancúnia africana, feréstega, que amb la vida s'anà trametent de generació en generació, sense que els anys ni les venjances poguessin aplacar-la. Aquells Capulets i Montescs de barretina i calces de vellut no van arribar pas a fer vessar la sang aliena per mor de llurs diferències, però més d'un cop van espurnar-les amb la pròpia.

Les coses anaven així. Un dia qualsevol es trobaven, per exemple, els melons de can Xuriguer trinxats i fets pastetes sobre mateix del camp: l'amo dels melons, bo i bramant de quimera de dents endintre, cloïa el bec sense deixar escapar un sol mot comprometedor, mes un altre dia certa ventada misteriosa tirava les garbes del veí dins del rec, que se les enduia aigua avall pressarosament. Aleshores el propietari de les garbes es contemplava la collita perduda, contentant-se amb mig riure follonament, però també en silenci... Mes, temps corrent, una perdigonada engegada de Déu sabia on, arreplegava distret un Xuriguer i li deixava les anques trepades com un cuiro de garbell, i més tard la pedrada d'un foner invisible buidava un ull a la petita de can Peró mentre s'estava engegant tranquillament els porcells.

Tothom endevinava de seguida d'on havien eixit tret i pedrada, però cada u s'ho guardava per ell, discorrent amb fraternal filosofia que no es feien pas de sa pell les tiretes i que lo lògic era deixar que qui tot sol s'embrancava, tot sol s'escatís.

I d'aquest aire era com anaven perllongant-se per anys i panys aquella rancúnia bestial, que Déu sap com i quan hauria tingut fi si d'improvís no s'hi hagués barrejat l'arranjador de sempre.

Això s'escaigué quan les dues cases, vingudes a menys de resultes dels plets, no conservaven de llurs antics béns de menestralets altra cosa que aquells respectius camps de les disputes, eternalment separats pel fatídic camí que corria enmig d'ells. I com que no tenien res més, en aquells camps s'havien de passar Perons i Xuriguers la vida, gratant-hi de sol a sol per a fer-los llevar el seu pa de cada dia; per lo que, veient-se els uns als altres sense parar, i espiant, espiant, l'hereu Peró reparà, sense voler, que la pubilla del veí —la Xuriguera, com li deia desdenyosament—, a més d'ésser una daina per al treball, xiulava millor que les merles quan xiulava per a fer malícia a ell, i la pubilla, al seu torn, es confessà a si mateixa que si En Peró *no hagués estat qui era* ni hagués posat aquella cara tan mofeta quan se la mirava a ella, hauria estat un galant minyó capaç de fer fer un pensamentot a qualsevol noia.

I del punt avall en què tal cosa es confessà la pubilla, ben creguda de que ho feia per enrabiar l'hereu, es passava les hores refilant alegrement, amb una alegria encomanadissa d'ocell a trenc de primavera; i ell, l'hereu, escoltant-se-la, reia tot sol, amb una rialleta que se li escapava d'ella mateixa i que el xicot hauria jurat que era una mofa endimoniada; i les ullades salvatgines que per tant temps s'havien creuat d'una banda a l'altra de camí, després anaven i venien encara més sovint, però totes recatades com si es donessin vergonya de no mantenir prou viva la malícia tradicional.

En aquestes l'hereuet entrà en quinta i li tocà mal número. Una veïna sedassera s'apressà a innovar-ho als Xuriguers.

—No ho sabeu pas? El d'En Peró ha tret *negre*!

54

Els pares Xuriguers van tenir grossa alegria; mes la pubilla trasmudà el color com si anés a caure en basca. I aquell dia, treballant en el camp tota soleta, no es recordà de xiular gens, contentant-se d'aixafar els terrossos amb tal braó que ni que fossin mals esperits que li eixissin de la terra. Després, arribada l'hora de berenar, en lloc de seure en l'altre cap de camp, com feia sempre, s'assegué distretament ran del camí i al cim mateix del marge. En Peró, que s'estava tot just de l'altra banda, quedà estranyat, guaitant-se-la; després van creuar una mirada, van enrojolar tots dos vivament, baixant el cap de pressa; després van posar-se a menjar cadascú del seu recapte.

D'aquella hora ençà, tantes voltes com se trobaren els dos minyons solets en sa peça respectiva, passà lo mateix: s'asseien prop del marge, es donaven cop d'ull, quedaven vermells com cireres i es posaven a berenar calladament.

Així passaren dies i mesades. El tifus enllitegà la pubilla i poc després el Govern cridà l'hereu. Ell marxà, passant més de tres anys fora de la seva terra: ella va curar-se després d'encomanar la malaltia al seu pare, que d'aquella morí.

Quan el noi Peró tornà de soldat va saber que la pubilla era casada i emmainadada: com mancava un home en la casa, la mare no havia deixat en pau la filla fins que n'hi dugué un. Aleshores el noi Peró descobrí que el seu poble era molt lleig, i, si no hagués estat pel dir de la gent, se n'hauria entornat a servir el rei.

La primera vegada, després de l'absència, que els dos veïns van trobar-se en el camp, ni es gosaven mirar, com si una barrera més grossa que l'antiga s'hagués adreçat enmig d'ells. Amb tot, després de vacillar, l'instint pogué més que la vergonya i es contemplaren com espantats, amb una estranyesa tota desolada. I ella trobà que ell s'havia tornat esprimatxat i groc i que la seva cara tenia un aire foraster, i ell notà que ella anava esparracada i descalça i que la grossesa la desfigurava tota. Mes, com tres anys enrera, després de guaitar-se, també van enrojolar i també van abaixar el cap confosos.

L'àvia Perona, veient que es feia vella, cercà una jove: l'hereu no tenia casera, però calia una altra dona a la casa, i va portar-hi la que agradava a la mare.

I passaren més anys, molts anys...

Al poble ja no es parlava de les renyines de Perons i Xuriguers: havien passat a contes de velles. Tan sols qualque volta la Bòrnia de can Peró, recordant altres temps, solia dir amb despit:

—Si el cagai del nebot tingués sang en les venes, ja l'haurien pagat, *aquells,* l'ull que em van perdre!

I les comares del veïnat trobaven que la Bòrnia tenia raó i que el *cagai del nebot* era un pobre home que no servia per a pondre ni per a covar.

Mes l'hereu no se'n dava compte —o ho feia veure—, d'aquelles opinions i, feiner i reposat, es passava de sol a sol en el camp, ullejant silenciosament cap al dels veïns sempre que s'esqueia a ésser-hi la mestressa, eternalment estripada i descalça i eternalment grossa d'una grossesa despietada de bèstia de cria, de vaca a lloguer. I la pubilla feia lo mateix que l'hereu: la pobre merla esplomissada ja no sentia enveges de cantar, mes encara era sensible al reclam i els ulls se li anaven sovint, sense donar-se'n compte, cap a l'altra banda de camí, tots carregats d'una grossa tristor afadigada.

I, així, sempre atrets per secreta simpatia i sempre aterrats per l'estranya mudesa de les llurs ànimes, aquells dos éssers pròxims i apartats alhora com llurs mateixos camps, arribaren a vells sense haver bescanviat entre ells altra cosa que esguards vergonyosos.

Potser mai havien arribat a capir-ho que s'estimaven de bo de bo: com el bou el jou, duien ells la vida, distretament, sense donar-se'n compte ni somniar en deslliurar-se d'aquella pesantor que els feia baixar el coll i no els deixava veure més que l'estretor del solc que obrien.

Un dia començà a córrer pel poble que a casa En Xuriguer hi havia gran brega sorda. Es deia que el pubill era una mala arna. Gasiu i verinós, com no havia dut a la casa més que la roba de l'esquena, quan veié que la pubilla, escorxada de treballar i de posar fills al món a tall de bèstia, perdia la fortalesa, tingué por de que *se n'anés* deixant-lo despullat i a mercè del noi, i començà a grunyir perquè ella l'assegurés. Però la pubilla, que anys feia que no el podia veure pel seu mal geni i la seva gasiveria, s'entossudí en no fer-li papers, per a revenjar-se. D'aquí venien les raons, que van acabar en poc temps amb la poca salut d'ella, que s'emmalaltí d'una llarga i migranyosa malaltia, que li deixà les galtes begudes, els ulls ensotats en les conques, les cames desnerides com canyelles i el ventre inflat per la hidropesia, última grossesa sense fruit que encara en els darrers camins li distenia els flancs com una terrible ironia del destí.

Ella conegué que no podia durar gaire.

—La terra em crida —deia a les veïnes—. I per a estar disposta a reintegrar-s'hi en qualsevol hora, aprofità les darreres forces que li quedaven per a anar despedint-se de tot allò que havia estimat.

Tocà la reva al camp, on feia temps que no havia estat; i una bella tarda d'octubre, en què els xerics d'ocells i les tebiors estiuenques es rebolcaven encara per damunt de les terres fosques i nues, l'avi Peró —ja feia anys que ningú li deia hereu— se la veié travessant lentament el camí, tot bleixant i ofegant-se. L'avi es quedà parat: amb una mica més no l'hauria coneguda, tan trasmudada estava. I apoiant les mans clivellades sobre el mànec del bigot i adreçant una mica l'esquena que mig segle de treball seguit havia vinclat sobre la terra, l'avi se la guaità llargament, llargament...

Quan tornà a brandar l'eina per a seguir la tasca, tenia els ulls vermells, i una mena de cosa, com un animaló porfidiós, li escarbotejava per dins del païdor; i, tal com anys enrera la seva veïna, ell aleshores, no sabent com esbargir de si aquell rau-rau somort de la pena, es posà a esclafar els terrossos amb més braó que si fossin mals esperits que eixissin de la terra.

Quan aixecà el cap notà que en l'altre camp, a més de la pubilla, hi havia el mal arna del pubill. Ella s'estava asseguda en un redós de marge, i ell, prop seu, articulejava caraencès com un perdigot, i deixant a cada punt de cavar per a bracejar i donar cops de peu a terra. L'avi Peró tornà a estantolar-se amb el mànec de l'eina.

—Vols-t'hi jugar alguna cosa que ja li parla de les deixes? —es digué—. Mala sang de Judas! Quan veu que la infeliç és més de l'altre món que d'aquest!...

I una rauxa de llàstima l'entendreí tot, no sabent treure aleshores enllà els ulls del camp del costat. El pubill seguia pledejant, i ella, amb el cap sobre el pit, groga com una difunta, no es movia ni li tornava contesta, mateix que no el sentís. De sobte quelcom com una bala ferí enmig del pit l'avi Peró; un tel vermell li tapà la vista i el bigot li fugí de les mans; després...

Ni ell mateix hauria pogut dir com va anar la cosa ni quina força misteriosa el llençà d'un camp a l'altre. L'únic que sabia era que d'improvís s'havia trobat agarbonat amb el pubill, aixafant-lo amb l'estreta dels seus braços i escumejant-li amb ràbia al rostre.

—Bacó, més que bacó! Pegar a la dona!

Els dos vells estaven blancs d'ira i tremolaven de cap a peus; van guaitar-se per més d'un minut fixament: l'un baldat de sorpresa, amb els ulls rodons i estúpids com ulls de peix, i l'altre, terrible, clavant-li els seus mateix que dards roents. Quan pogué revenir i ésser mestre altre cop de la seva paraula, l'avi Peró, acotant el cap com una fera que va a envestir i amenaçant l'altre amb la forqueta dels seus cinc dits eixamplats, brunzí sordament:

—Si la toques mai més amb un caire d'ungla, t'estripo de dalt a baix! Com hi ha Déu al cel!

I, fent mitja volta, el deixà en sec. Llavors reparà a la pubilla que, immòbil, amb les mans juntes angoixosament i els llavis com la cera, se'ls mirava espantada. L'avi sentí un surt, tingué un moment de dubte, i de sobte, arrencant, sortí del camp a llargues gambades, com si l'empaitessin. La dona es posà les mans a la cara i esclatà un gran sanglot.

I l'avi Peró i la pubilla Xuriguera se n'anaren a l'altre món sense haver-se dit una sola paraula.

CARNESTOLTES

La Marquesa d'Artigues s'estava tota soleta en son lloc de costum, en son etern lloc, darrera els vidres del balcó, aclofada en la butaca, amb la tauleta al davant, els impertinents als dits i la pelegrina d'astracan sobre les espatlles seques i ossoses.

Les criades joves se n'havien anat amb la portera a veure l'entrada de la gent a un gran ball de disfresses que tenia molt crit aquells dies, l'administrador havia sortit també a orejar-se i la Glòria, la cambrera gran, després d'aconduir la senyora, s'havia retirat prudentment, enduent-se'n el quinquer, per no destorbar-la en ses devocions del jorn.

I la Marquesa, estacada al seti per sa immobilitat forçada de paralítica, s'havia quedat immòbil i entenebrida en la gran cambra sense llum.

Damunt la tauleta blanquejava la taca incerta del diari, i per les persianes, obertes de mig en avall, entrava la resplendor dels fanals de la Rambla, topant, de primer, amb el cap de la Marquesa i accentuant-li vigorosament sos trets de vell senador, romà, i anant després a endaurar d'or vell un tros de sostre i una llenca de paret. Al fons l'alcova, plena d'ombra i de misteri, semblava un dintell de tomba, i els mobles, severs i escassos, d'antiga demora, s'estaven arrimats a les vores com bèsties presoneres de la fosca.

Un cop acabada la tirallonga dels resos quotidians la Marquesa deixà caure amb lassitud rosaris i mans sobre la falda, i es posà a mirar distretament a fora. En aquella hora passaven per la Rambla comptades persones, i totes amb llurs vestidures naturals.

—Gràcies a Déu! —es digué de pensament la dama; i sobre el camper fosc de l'alcova, son rostre, aclarit a la Rembrandt, s'animà amb un llampec de satisfacció. Era dimarts de Carnestoltes; feia tres dies que no parava de veure disfresses, i la pobra Marquesa ja n'estava tipa i ben tipa del banal espectacle.

En ses llargues vetlles de solitària i d'impedida, quan no tenia altres distraccions que el llibre piadós o la fulla de noves, ni més companyia que el servei, algun paràsit pidolaire o qualque amistat plena d'anys i de xacres com ella, que tots plegats li parlaven sempre de les mateixes coses amb les mateixes paraules, la pobra dona, impacient i neguitosa, afamada de renovament i d'animació, hi pensava de tant en tant i amb certa complaença en aquell Carnestoltes que havia de passar sota sos balcons, alegrant-ho tot amb ses expansions rialleres i fora de mida. Però el Carnestoltes venia, i amb ell els crits eixordadors, la gatzara boja, les corrues de galifardeus malgirbats que feien bromades grolleres o gestos sospitosos... i ella, la trista condemnada a presenciar de cap a cap del dia aquell desenfrenament estúpid o libidinós de somni d'histèrica, acabava per sentir-se'n secretament ofesa en sos gustos llimats d'aristòcrata, en sos pudors de vestal endurida i en son humor metòdic i reposat de vella i de malalta.

I aleshores era quan, rebotent-li per dins ses impaciències superbioses de persona avesada a fer regnar sa voluntat, manava cloure els finestrons sobre aquell espectacle profà i profanador i, ficada en son carret d'invàlida, es feia dur cap a l'altre cap de pis, cap al darrera, lluny de la bellugadissa baladrera del carrer. Mes fins allà la seguia també el soroll de disbauxa, torbant-li les orelles i entrebancant-li el pensament, i, a la fi, quan ses mirades es cansaven de topar amb les tristes parets o amb els servidors silenciosos que l'enrondaven, la reprenia la frisança de claror, de moviment, de vida... i el carret, rodolant mansament sobre les catifes, retornava en silenci cap a la cambra. Es badaven de nou els finestrons i mitges persianes, la butaca enclotada rebia el cos feixuc altra vegada, la tauleta s'eixancarrava com un pont de quatre estreps damunt les cames mortes, i els ulls cendrosos tornaven a bellugar-se inquietament darrera els cristalls de les ulleres amb mànec.

I així esperava la nova crisi de tristor o avorriment la senyora Marquesa.

Precisament aquella mateixa vetlla n'havia passada una d'excepcional per ses conseqüències impensades.

Havia començat per dir que el llum no cremava bé i es féu portar, una darrera l'altra, totes les llànties de mà de la casa i totes, successivament, se les féu traure dient que estaven mal arranjades i que tothom conspirava contra ella per fer-li passar una vida desesperada. A l'administrador —arqueòleg casolà— que va intentar aquietar-la, l'envià a passeig dient-li que si es cuidés tant de lo que calia com de comprar desferres i coses arnades, no passaria lo que passava; a la cuinera li retragué el brou salat que li havia fet un mes enrera, a la cambrera jove l'amenaçà amb tirar-la al carrer per respostejadora, i a la Glòria, la cambrera gran, li digué que era una nyeu-nyeu que no procurava més que per a ella.

—Ah! si jo em pogués valdre!... Ah si Déu no m'hagués donat aquest gran càstig!... Ni un minut més estaríeu pels meus entorns... —I frenètica, exasperada, picava nerviosament amb ses ulleres de tortuga sobre l'ossada de ses cames magres, i la veu, trèmula de dolor i d'indignació, se li aturava, mentre cara avall rodolaven dues llàgrimes que li omplien la boca d'amargants salabrors...

La noble fera no havia fet aires d'aquietar-se fins que sentí darrera seu una remor intermitent i baixa que semblava fer-li de tornaveu. Girà el cap: arrupida en un racó d'alcova, amb la cara enterrada en son davantal abonyegat, la cambrera gran lluitava per ofegar violents sanglots. En deixar-li anar a sobre son esguard ple d'alteracions, la Marquesa sentí que totes ses funcions es paralitzaven i quedà amb el cap tombat, els braços immòbils, la boca entreoberta i les ninetes fixes... Mes això durà sols un instant. La Marquesa es girà incontinent, i, com si res hagués notat, exhalant orgull despòtic per tots els trets de son rostre autoritari, s'encarà amb l'administrador i amb les criades joves en peu tots i amb aire esmaperdut davant d'ella, i els donà asprament el comiat.

—Aneu, aneu a la cuina... ¿Què hi feu, aquí?... A veure si després de tot encara no podré sopar, avui... I vostè, don Joan, faci de seguida la carta per al masover dient-li que ha enviat els ous passats... Tothom se'n riu ja de mi...

Els servidors es retiraren més que de pressa, llançant un sospir de desfogament i coneixent que la torbonada s'esvaïa. La senyora deixà passar un minut i després, amb veu força diferent de tot just, cridà la Glòria. La Glòria, amb la cara enfonsada en el davantal, no la sentí o no li volgué respondre.

—Fa el bot! —pensà la Marquesa, amb acorament; i repetí amb una mica d'imperi:

—Glòria, dona! que ets sorda?

—Què mana, senyora —féu amb prestesa la veu, ennasada de plorar, de la cambrera.

—Cull-me el mocador, que m'ha caigut.

65

La cambrera sortí de l'alcova i, quan se la veié al davant, aguantant-se les llàgrimes i entregirant la cara per amagar-les, la Marquesa sentí que se li fonia tota la malícia de suara com una gota d'aigua en paper xuclador, i exclamà amb una serietat tota fingida:

—I ara! De què plores?... Et tornes molt estranya, Glòria!

Llavors la cambrera perdé el fre del respecte, i caient de genolls als peus de la senyora, li agafà una mà i la hi omplí de petons i llàgrimes.

—Me perdoni, senyora... senyora meva.

El cap de senador romà es féu sobtadament enrera, fugint del raig de la claror, i una veu trencada per l'emoció exclamà des de la fosca:

—Però... a què ve... criatura?

—Me perdoni, senyora! Jo més m'estimaria morir-me que fer-la enfadar, i la faig enfadar sempre...

La Marquesa volgué parlar, dir quelcom. Els llavis i la barba li tremolaren, els ulls tèrbols relluïen en son redós ombrívol, mes les paraules no van arribar a sortir. Ella coneixia prou aquella gran humilitat que sovint humiliava sense voler son orgull repropi, fent-la adonar dels rampells injustos. Aquesta volta li féu més impressió encara: sentí enveja de plorar de vergonya, de demanar perdó a son torn, d'estrènyer contra si aquell cap innocent que vers ella s'aixecava implorant, mes... no gosà... D'una banda aquell mateix orgull de casta que la tiranitzava, i de l'altra son encongiment ofegador de verge vella, que no ha après d'estimar en sa joventut, li posaren un mos a la boca i li tallaren l'impuls d'allargar els braços. Mes tan violent fou l'esforç que li costà de reprimir-se, que en devingué tota trasbalsada; i quan, a la fi, pogué enraonar, la veu li sortí aspra i sense entonació com certes veus d'home: una veu misteriosa que no es coneixia ella ni amb prou feines li reconegué la cambrera.

La Marquesa va dir:

—Sí... sí que em fas enfadar... quan... fas coses... així.

Un nou ruixat de petons i llàgrimes li caigué sobre la mà.

—Perquè, ja ho saps que no et pots trastornar...

—Senyora meva!... Senyora meva!...

—Què dirà el doctor, demà, quan te trobi malalta?

—A mi rai!... Mentre no hi trobés a la senyora!...

El dolor íntim d'aquell plany trobà un accent tan viu de senceresa, que anà de dret al sentiment, esbotzant tota llei d'encongiments i prejudicis, i la severa Marquesa d'Artigues, sense saber què li passava, agafà d'una estrebada el cap de sa companya i l'estrenyé durament contra son pit. Restaren abraçades una estona, l'una ofegant-se en son entendriment feréstec i l'altra mig esvaïda de ventura.

En tants anys com feia que estaven plegades, era aquella la primera prova mútua d'afecte que es donaven, així, clarament, sense reserves; i com si aquella abraçada hagués estat la revelació definitiva en deslligar-se sentiren, cada una d'elles, que l'altra li era necessària sobre la terra, com si de cop llurs dues vides incompletes s'haguessin fos i completat en una de sola.

No es van pas dir una paraula més. La Glòria portà, com cada dia, el sopar a la senyora i l'hi serví damunt de la tauleta, sense atrevir-se a aixecar els ulls, plens d'infinites estranyeses, i la senyora, per sa banda menjà calladament, i sentí alçapremat son cor per una força desconeguda.

Les criades, flairant de lluny la bona harmonia, parlaren a la Glòria d'anar a veure les disfresses, i el senyor administrador d'eixir a donar un vol, i la Glòria els dugué a tots la vènia de la senyora i tancà rera d'ells la porta de l'escala. Les dues dones quedaren així soles gairebé en tota la casa, i aleshores, en la pau secreta de la intimitat, se sentiren felices sense dir-s'ho.

La cambrera portà els rosaris a la senyora perquè fes les seves devocions i després es retirà quietament enduent-se'n la llàntia, puix la senyora tenia per costum de resar a les fosques, sense més lluminària que les de la Rambla, que anaven fins a la casa i li entraven a la cambra esmorteïdes per la distància; i ella, la Glòria, se n'anà a l'oratori, a resar també una gran oració sense paraules; una gran oració plena d'unció amorosa vers tot lo del cel i de la terra: l'oració muda de la felicitat.

La cambrera tenia quaranta-cinc anys i en feia trenta que servia a la senyora; havia començat a servir-la essent una

nena encara, i servint-la s'havia fet dona sense notar-ho,
i servint-la, i sense notar-ho sempre, havia deixat escó-
rrer xorcament sa joventut, fins a arribar com qui diu a
les portes de la vellesa sense amor, sense llibertat, sense
niu, sense res propi, fora d'una gran devoció de ca fidel,
d'esclau voluntari envers la senyora. La cadena que havia
pesat sobre la voluntat i la consciència de tots els seus,
la marca d'esclavitud que la casa d'Artigues havia estam-
pat en les espatlles de generacions d'homs propis, de vass-
alls, de masovers, de lacais, semblava haver-se reblat en
l'ànima, penetrat fins a les entranyes d'aquella pobra cria-
tura humil que no es sentia a si mateixa i que, mateix que
son destí hagués estat únicament el d'anihilar-se i servir
de contrapès a un altre destí, es lliurava al sacrifici amb la
resignació del qui compleix un vot desconegut, una expia-
ció remota.

D'ençà que havia entrat a servir a la senyora —que
aleshores encara no era la senyora Marquesa, sinó la filla
del senyor Marquès— no pensà més que en ella ni visqué
més que per a ella. Aleshores la mestressa li passava de vint
anys, a la criadeta i era una donzella forta, ardida, valerosa
com una amazona guerrera. Lletja i altiva, plena d'orgull,
mes exempta de vanitat, coneixent-se ella mateixa que no
era apta per als goigs ni per a les servituds del matrimoni
ni de la vida religiosa, havia refusat de casar-se o de ficar-se
en un convent, romanent fadrina en el si de la família,

mentre en tingué; i, òrfena de mare, amb son pare i germans arrossegà durant molts anys, d'un cap d'Europa a l'altre, la passió ambulatòria que era el tret característic de sa nissaga. A París veié morir d'una caiguda de cavall son germà gran; a Ginebra, d'una pleuresia, son pare; a València, d'una altra malaltia comú, son germà petit; i quan es trobà sola sobre la terra, enrobustida i virilitzada son ànima pel dolor i la solitud, l'impuls atàvic, verinosament agullonat, li inspirà la idea de fugir del cementiri de records que era per a ella el món vell, i d'anar a esperar en el món nou l'arribada solemnial de la ja no llunyana vellesa. Mes, un destorb imprevist, un tumor blanc que se li congrià en un genoll, esbarrià tots sos plans, i la féu aposentar a Barcelona, d'on ja no havia d'eixir més, fora per dur sos ossos a la llunyana casa pairal. D'aleshores en avall, sa naturalesa, que havia estat entera i ferma, com si de sobte es revengés dels passats dispendis d'activitat, anà traient gran floriment de xacres, de les quals fou la més cruel una paràlisi que li aturà les cames, amortallant amb elles la ferotge energia de la Marquesa. En aquella època de dolors, d'enrunament i de desesperació irresignada, fou quan ella pogué conèixer la devoció de sa cambrera. Les impetuositats superbioses, el despotisme ingènit de son caràcter, acabaven la paciència de tothom, i allunyaven de son costat metges, criats, administradors, amics: tota cosa vivent, fora del ca fidel, de l'esclau voluntari, de la pobra Glòria, que sempre restava allà mateix, assistint-la amb humilitat, sofrint amb ella, guaitant-se-la amb sa dolça mirada, que era una veu tendrívola, excusant-li amb els altres cada rampell o extravagància i fent-li minvar, a força d'afecte i de sol·licitud, el rosec de les marfugues o de les decepcions. I el cor de la Marquesa, quasi momificat i endurit en sos prejudicis i menyspreus de casta, acabà per entendrir-se i revifar-se per la màgica virtut d'aquell gran afecte. A força d'heroisme callat i net de càlcul, la Glòria anà pujant per graus als ulls de sa mestressa, passant d'animalet sense importància a servidor útil, després preferit, més tard imprescindible, per a devenir a la fi quelcom fora de qualificació que s'enganxa a l'ànima i la domina secretament sense sospitar-ho. L'egoisme animal havia començat per dir a la Marquesa que sa tranquil·litat estava a mercè d'aquella cambrera, però un jorn, sense callar l'egoisme, l'ànima noble i justiciera, lliure de jous mesquins, li féu sentir l'altesa i la companyia d'una altra ànima amiga. Això fou quan la Marquesa, ja llargament baquetejada pel dolor començava a doblegar son cap altiu davant de la voluntat divina i acceptava amb amarga resignació son destí. Mes aleshores, ja més calma i serena per a guaitar fora de si, s'adonà de que la cambrera, espremuda de sofrir ocultament dels sofriments de la senyora, esdevenia com ella un enginy de dolors inconfessats. La Marquesa parlà amb el metge, i el metge li declarà reservadament que son ca fidel es moriria per virtut de sa fidelitat mateixa, que li havia malmès el cor. Quan seria això? Quan Déu volgués... Les vides de miracles duren anys o s'apaguen d'improvís a qualsevol esternut de la casualitat. I l'antiga donzella guerrera, la superba descendent dels superbs senyors d'Artigues, en escoltar, petrificada, la terrible sentència, sentí una punyida violenta i quedà indefensa i vençuda davant la criatura humil. I aquella criatura, amb manyagueria inconscient d'infant malalt, regnà des d'aleshores, sense adonar-se'n, sobre el servei, sobre la casa, sobre tot, perquè regnava en el cor de la senyora.

—No la contrariïn, que faci lo que vulgui —havia dit el metge.

—Que visqui! —es digué la Marquesa.

Mes els designis dels homes estan en sa voluntat, i fora d'ella les passions que els trenquen.

Com s'és dit més amunt, la Marquesa s'estava en son lloc de costum darrera els vidres del balcó i guaitant distretament a fora. Per son cervell somogut passaven records vagatius d'altre temps, nuvolades enroentides pels raigs llunyans del sol post de la seva joventut: i son cor, llibert a la fi de les antigues prevencions que l'emmurallaven, sentia vivors caldes, rufagades de plenitud que li feien veure tot lo del món enterament distint de com ho veié fins aleshores.

Ella, la senyora Marquesa d'Artigues, no se sentia ja la dona que s'havia pensat ésser sempre: i aquell enrunament d'una personalitat creguda ferma i definitiva, en lloc de donar-li el dolor que li donaven totes les altres decepcions, de produir-li la minva de vida que totes li produïen, li portava un goig i una fortalesa d'ànima desconeguts.

Lo que no s'havia pogut confessar mai, s'ho confessava ara a si mateixa sense falses ni ridícules vergonyes; la gran meravella que li havia negat sa joventut austera i tireganyosa, la hi concedia pròdigament la vellesa. Estimava! Estimava amplament, fortament. A qui?... ¿Què li importava el qui?... A una criatura humana, a un altre ésser com ella. No era l'objecte de l'amor lo més punyidor i interessant d'aquell miracle, sinó l'amor mateix, aquella gran afecció calda i serena, aquell afecte viu que la lligava a quelcom vivent i la treia de la buidor obaga, de l'isolament mústic en què fins aleshores havia viscut. Per què lo que lliga i conhorta no és pas lo que dels altres ve a nosaltres, sinó lo que de nosaltres va generosament als altres, lo que donem, no lo que ens donen...

És clar que la Marquesa d'Artigues no ho pensava pas concretament, allò; mes ho sentia amb la força imperiosa d'una gran realitat, i de grat es deixava anar tota ella an aquell sentiment sense aturar-se a meditar ni analitzar-lo; acontentant-se tan sols de sentir-se bressolar en ell per una mitja inconsciència venturosa.

De sobte li cridà l'atenció una gran remor i bellugadissa que baixava Rambla avall. S'hi fixà. Era el pas d'una comparsa de disfresses. Avançat per un gran fanalàs de colors llampants, caminaven aparellats una dotzena d'homes, rient i gesticulant discretament. La meitat anaven vestits d'*Arlequí,* l'altra meitat de *Pierrot,* aquells tots virolats i cascavellejant a cada moviment, els altres tots de setí blanc, amb rodes color d'aroma per botons, i relluint de cap a peus com si anessin coberts de mirallets.

Amb les ulleres de tortuga estantolades sobre el nas, la Marquesa els anà seguint amb interès. Ni pels aires ni pel gust de les vestimentes aquells homes pareixien gent grollera; devien ésser una colla de *senyors* que festejaven el Carnestoltes amb distinció, com els calia i sens enllotar-se en l'ordinariesa regnant en aquells jorns. Passaren deixant un rastre de xicots i badocs que escridassaven, i la dama, seguint-los de pensament, els veié arribar a la portalada, tota oberta, d'una gran casassa i muntar una escala encatifada, tota rublerta de plantes verdes i resplendors daurades, i penetrar com un remoixell d'alegria en la sala fastuosa, enrondada de dones amb aparences exquisidament exòtiques; i després els veié encara trenar i destrenar ga-

lantment amb elles, pavanes, minuets i altres danses se-
nyorívoles dels temps passats...

L'ànima patrícia de la Marquesa en tragué com una mena
d'alegrament d'aquella figurada visió. Allò era el Carnes-
toltes bell, el Carnestoltes culte, i no aquell desfogament
indigne que buidava enmig del carrer, a la vista de tothom,
les impureses del gust i de l'instint, les coses lletges i ver-
gonyoses pròpies dels sers inferiors! I la Marquesa, de nou
agafada entre les urpes de sos prejudicis atàvics, pensà que
hi havia castes preferides per Déu i la natura, i que sols
aquestes devien tenir el regiment del món, sotmetent a
llur imperi les altres castes desheretades i imposant-los
callament i obediència...

Justament en aquell punt, mentre allò pensava, quel-
com insòlit li aturà en sec el pensament. Donava a la cam-
bra de la Marquesa una saleta, i després de la saleta venia
el menjador. Al menjador s'acabava d'oir distintament un
gemec angoixat.

La Marquesa es girà amb vivor de cara a la porta i amb
les ulleres sobre el nas, escrutà la fosca. El gemec es re-
petí, més ofegat.

—Glòria —cridà la senyora amb sobresalt.

La veu de la cambrera, feble, trasmudada, li respongué
amb prou feines des de la saleta:

—Se... nyora...

—Què tens?

—Ai!... No ho sé... M'ofe...

La cara de senador romà esdevingué sobtadament d'un groc verdós de bust de bronze, i la sang, emperesida pels anys, féu una revolució en les venes gruixudes de la Marquesa.

—Filla, no t'espantis... No serà res... —digué trèmula-ment la dama.

La silueta indecisa de la cambrera traspassà la llinda del dormitori.

—Vine, vine aquí, amb mi! —afegí la senyora amb afecte.

Però la silueta no avançà un pas més.

—Què fas, Glòria, que no véns?

Un altre gemec tèrbol revolà sinistrament per la cam-bra, com un ocell de nit, i un cop sord damunt de la catifa denuncià que acabava de desplomar-se un cos.

La senyora, aterroritzada, rompé en esgarips.

—Glòria!... Glòria!... Glòria!!... —I an aquell crit exaspe-rat, que més que ressò de veu humana pareixia el bramul d'un element, sols respongué, de l'altre cap de cambra, una fresseta rogallosa, com de fonògraf de joguina.

La cambrera es moria. Per la fredor que li glaçà el cor, la senyora va tenir-ne la certesa absoluta. Sos dits s'incrustaren mateix que urpes d'ivori vell en la fusta de la tauleta, son bust s'eneriçà enèrgicament i amb un impuls

76

de totes ses forces aconseguí aixecar-se mig pam del seient de la butaca.

—Filla meva!... Ja vinc! —cridà a la moribunda, com per donar-li coratge. Mes, en el mateix punt, les forces la traïren i retombà pesadament a la butaca. Tan sols llavors s'adonà clarament de sa impotència.

L'ésser estimat moria allà, a tocar, i ella no podia dur-li socors o son petó de comiat!

La Marquesa d'Artigues allargà els braços, encaixant desesperadament les mans crispades, i un gran sanglot li esclatà a flor de gola. Mes tot de cop el sanglot s'estroncà, va arronsar els braços i els seus punys aplacaren amb força els nusets sobre la taula. La Marquesa acabava de sentir que en el vas de sa vida, ple de fel a rasar, no hi cabia una gota més; i la seva ànima altiva, reaccionant, es revoltà contra aquella nova i més terrible crueldat del destí. Aixecà el cap soberg amb un arranc de rèprobe i, encarant-se amb la divinitat, semblà exigir-li comptes. Què li fou respost del més enllà an aquella muda interrogant?... Misteri! Jo lo que sé tan sols és que d'improvís, com si aquells ulls clavats en amunt, en lo desconegut, amb feréstega escomesa, haguessin topat amb una evidència terrorífica, en el rostre tràgicament convuls de la Marquesa d'Artigues, hi aparegué una expressió d'estupor suprem: l'espaume desolat del qui ha deixat de creure.

GISELDA

En saber-se que el noble i poderós Virrei d'aquelles terres s'acostava, al cap de les seves gents de guerra, per fer un escarment en la vila rebel, que es negava a pagar els impòsits, totes les gents de pau fugiren a l'escampada, des del potentat que duia les robes de seda teixides amb fils d'or i el mantí de l'espasa encrostonat de pedres fines, fins al pobre jai, cobert d'aspre burell i amb la caputxa trepada per les arnes... Car tots sabien que el molt alt i poderós senyor Virrei d'aquelles terres tenia una bella animeta de Caïm, i que, a ciutat, no li havien pas tret per fum de palles el mal nom de *Pal de la Forca.*

The name of this protagonist recalls Boccaccio's *Decameron.* The tenth tale of the tenth day features the patient Griselda, who triumphs over adversity. The two stories are quite different: the Catalan Giselda actively seeks redress, whereas the Italian Griselda simply waits for a favorable outcome. Chaucer also used a version of the story in The Clerk's Tale, and similar narrations appear elsewhere.

Per això els rerassagats corrien a tot batre d'unglots banda enllà dels portals de llevant, mentre pels portals de ponent entrava el senyor Virrei a so de tabals, amb penons i senyeres desplegades, cavaller en son frisó de guerra— blanc com un glop de llet i presumit com una damisella—, i tot enrondat de l'estol d'homes d'armes, amb els capells de ferro guspirejant al sol, el mostatx arremangat amb aire marcial, i la mà als encebs dels arcabussos.

Quan el senyor Virrei arribà a la Casa de la Vila, digué al Batlle que li donés les claus de portals i presons, que ell, des de tal punt i hora, es feia mestre de tot. I el Batlle abaixà la testa i lliurà les claus al Lloctinent del senyor Virrei; car el Batlle tenia passat de vuitanta anys i la Vila estava sense forces.

Llavors el senyor Virrei va preguntar-li si sabia per quin encert, quan ell passava pels carrers de la Vila, no havia eixit un cap en porta ni finestra, ni l'havien rebut amb repics de campanes, ni anaven a donar-li la benvinguda diputacions d'artesans i magnats.

I el Batlle, regalant-li pel pit la llarga barba blanca, respongué que en tal dia i fins a un mes després les gents del lloc eren en despoblat a fer dejunis i penitències perquè Déu Totpoderós volgués lliurar-los de mals esperits; i que hi era tothom, just el senyor Rector i els campaners. Mes heus aquí que, mentre açò deia el Batlle, un estrany missatger, tot vestit de negre, vingué fins al mig de la sala i féu així:

79

—Oh, molt alt i poderós senyor Virrei que Déu mantinga! La noble dama Madô Giselda, ma senyora, demana vènia per flectar-se a tos peus.

—Que vinga Madô Giselda, ta senyora! —li respongué el Virrei.

El missatger eixí, i entrà la noble dama Madô Giselda, tan bella com un matí de primavera i tan malencònica com un capvespre de tardor.

Son front resplendia amb la blancor del lliri d'aigua que no coneix un raig de sol i ses llargues robes de dol arrossegaven per terra com un ròssec de penes.

El poderós Virrei quedà meravellat.

Madô Giselda avançá lentament, posà un genoll en terra, i sos llavis, fins i descolorits com dues fulles de rosa, es clogueren sobre la mà del Virrei, tota rabassuda i plena de tumbagues: i el noble i poderós Virrei d'aquelles terres trobà el bes més dolç que les més dolces confitures, i va fer, somrient:

Digau, la gentil dama.

—Oh, poderós senyor! que Déu te beneesca i et retorni l'amor de tos servents! Avui la Vila entera ha quedat deserta per mor de tu, car tot davant teu hi va la brama de tes maldats i càstigs. Mes jo em só quedat per esperar-te.

El noble Virrei llançà una mirada al Batlle.

—¿Aqueixos són els dejunis i penitències, Misser?

El Batlle abaixà el cap i sa llarga barba li regalà pit avall. Com tenia passat de vuitanta anys i sabia que la vida és un buf, encomanà son ànima a Déu.

I el Virrei afegí:

—Seguiu, la gentil dama.

—Jo sola te só esperat en tota la Vila, perquè jo sola tinc fe en ta pietat i en ta justícia.

Aquí la noble dama esclatà en sanglots i sos ulls s'ompliren de llàgrimes, com s'omplen de rosada les móres a trenc d'alba.

—Oh, poderós senyor! Algun temps la trista i pesarosa Giselda, que aquí veus, fou la més feliç de les dones, car tenia un marit noble i brau que l'amava i que era tot per a ella. Sos braços eren cinyells amorosos de son cos; sos ulls, espills d'atzabeja de sos ulls; sos llavis, rosella plena de mel per a les abelles de sos llavis; llurs cors ametlla bessona que la dissort no havia encara esclofollada... El dia i la nit els veien sempre junts, com el roure i les eures, com la mar i la terra, com l'ànima i el cos. El sol enlluernava llur ventura i els minyons i donzelles els beneïen quan els veien passar, car tots dos eren joves, car tots dos eren bells, car tots dos eren nobles i pietosos... Mes, oh, desventura! Vet aquí que, un dia, soldats del senyor Rei enrondaren la casa amb estrèpit d'eines, i llevant el marit dels braços de la muller, se l'endugueren, i el van tancar al fons d'una presó, amb set panys i set claus, set canes sota terra... Pensa, oh, poderós senyor!, quin fou lla-vors el dolor de Giselda!... Sense menjar ni beure va fugir per erms i boscúries, per afraus i comes, plorant sa desventura i demanant a les aus i als vents, a l'herba i a les fonts, al cel i a la terra, que li tornessin el marit; i en oir-la les aus para-ven llur vol, el vent udolava, les fonts gemegaven i els arbres s'estremien. Cels i terra, entendrits, planyeren el greu dolor de Giselda... Sols l'home no s'entendrí ni li tornà l'espòs... Set anys ha que l'en té pres, i altres tants que no l'ha vist; set anys ha que és viuda d'un viu i muller d'un colgat; set anys ha que agonitza de pena i d'enyorança... Oh, poderós senyor! Mira-la aquí, a tos peus, tan abatuda que no apar la mateixa Gi-selda d'algun dia... Mira-la, compadeix-la i fes justícia! Torna l'aimant a l'aimada: el marit a la muller; a mos ulls son espill d'atzabeja; a mos llavis sa rosella plena de mel! Fes-ho, oh, poderós senyor!, que Déu te'n serà grat i Giselda beneirà ton nom fins a la fi dels segles!...

I la trista dama s'abraçà als genolls del Virrei, i son front resplendí enmig de ses robes de dol amb la blancor del lliri d'aigua enmig de les ombres de la nit.

—Anau, la gentil dama, que jo obraré justícia —digué de sobte el Virrei—. Deixau-me ací el ragatx i esperau dins d'una hora a casa vostra.

—Que Déu es quedi amb tu, Virrei clement i bo! Bàl-sam dolcíssim han estat tes paraules pel cor trist i llatzerat de Giselda...

I la noble dama eixí, resplendint son front com el lliri d'aigua al bat del sol; mes darrera seu arrossegaven ses llargues robes de dol, com un ròssec de penes que no tenia fi.

Passada que fou l'hora, el missatger, tot vestit de negre, arribà a la cambra de Giselda.

La dama el rebé amb el somriure als llavis.

—¿Què t'envia a dir-me el noble Virrei?

El missatger abaixà el cap, i son esguard es féu sobtadament més trist que el seguici d'un mort.

—El noble Virrei m'envia a dir-te que demà veuràs a l'espill de tos ulls, a la rosella de tos llavis...

Giselda llançà un gran crit de joia.

El missatger seguí:

—...que demà veuràs a l'espill de tos ulls, a la rosella de tos llavis... si vols dormir aquesta nit amb ell.

La dama es féu enrera com si de sobte l'hagués fiblada un escorçó. Son front tornà esblaimat com l'assutzena al clar de lluna i ses robes de dol es retorceren per terra com una serpent negra.

—Oh, missatger d'afront! amb ton mateix coltell t'escapçaré la llengua!   cridà fora de si.

El missatger va fer:

—Ma llengua et pertany, oh, Missenyora! Mes pensa que no és pas ella la que et vol fer l'ultratge...

—Tal cosa ha pogut dir-te el poderós Virrei per a la noble Giselda?

—Això m'ha dit per a tu. I m'ha dit més: m'ha dit que abans d'una hora vol tenir ta resposta...

—Oh, fals i pervers hom! —gemegà la dama: i son coll es vinclà com un llir capolat per l'oratge.

Ses dones l'enrondaren, amb poms d'argent plens de fragàncies per a fer-la tornar en si.

Així que badà els ulls, tots arrosats de llàgrimes, com dues móres a trenc d'alba, Madô Giselda llançà un gran sospir. El missatger, ert al peu de la porta, en llançà un altre.

—Què fas ací, mon vell? —li preguntà la dama.

—Espero ta resposta, oh Missenyora,! per a dur-la al Virrei.

Giselda, amb greu plany, s'exclamà:

—Hi pot haver sort més atziaga que la meva?... Vés, corre, mon fidel servent, i digue-li al pervers que Giselda és de noble llinatge i, encar que ama son marit més que sa vida, millor vol tenir-lo al fons d'una presó, tancat amb set panys i set claus, set canes sota terra, que no pas veure-li passejar lliurement son afront pels carrers de la Vila.

El missatger sortí, amb el cap alt i la mirada alegre com un corteig de noces.

Madô Giselda s'assegué vora la finestra a rumiar tristors.

Al cap d'un quart el missatger tornava amb el cap cot i la mirada en terra.

—Què t'ha dit el Virrei?

—El Virrei m'ha dit que si no vols dormir aquesta nit amb ell, demà a punta de jorn farà dur ton noble marit, Missenyor, al mig de la plaça, li farà cremar els ulls amb un ferro roent, li farà arrabassar la llengua per mà de botxí, li farà capolar mans i peus a destralades i li farà esquarterar els membres per quatre poltres salvatgins... Car ton noble marit, Missenyor, féu greuge al senyor Rei i mereix càstig.

Oint semblant relació, les dues mans de Giselda es retorceren sobre son cap com dues serpents d'ivori, i els ulls li degotaren mateix que fonts amargants.

—Ai de mi, trista i miseriosa criatura —gemegà —que per a salvar mon ben amat, li he dut la pèrdua, i per a acabar mon dolor l'he fet etern!

El missatger, dret al peu de la porta, murmurà feblement:

—Recorda, oh Missenyora!, que el Virrei espera ta contesta...

La dama li digué:

—Vés, corre, mon fidel servent, i digue-li al crudel Virrei que tinga clemència per la sort de Giselda; digue-li que una noble dama ha volgut posar fe en sos intents i en ses paraules i no és de cavallers fer-la fallida... Digue-li que mon marit és brau i esforçat i el servirà amb la vida si endolceix sos turments... Vés, corre, amic; agenolla't als peus del mal hom i ablaneix amb tos precs son cor de bronze, que Déu i ton senyor te'n seran grats.

El missatger partí altra volta i altra volta tornà, amb dos reguers de llágrimes, com dos fils de crestall, al llarg de les arrugues de la cara. S'aturà en sec davant Madô, sense gosar dir res.

—Parla! —féu aquesta, amb gran cric-crec de cor.

—Oh, ma pobra senyora! M'ha dit el felló, per darrera vegada, que apariïs la cambra de la plaça, la que dóna a l'Orient, car vol veure ton rostre amb el primer raig de sol... i que així que la cambra estiga que m'envïis a dir-li... I això ha d'ésser abans d'un quart, oh ma trista senyora!, si no vols veure arrossegar pels carrers de la Vila ton noble marit, Missenyor...

Giselda aixecà enlaire els ulls enllagrimats, com dos calzes d'argent plens de fel.

—No hi ha remei per a mi! Oh, sort despietada, que a la fi has vençut una noble i casta esposa! Marit i senyor meu! Avui el fat pervers vol que Giselda doni son honor per ta vida, més demà ta muller sabrà donar sa vida per ton honor!

A so de tabals i enmig d'un estol de gent d'armes, el molt alt i poderós Virrei d'aquelles terres se n'anava a dormir a casa de Giselda: car volia que l'escarni fos públic i vistent.

Giselda

Quan la dama el veié venir d'aquella faisó, amagà la cara en el pla de les mans, gemegant follament:

—Oh, Déu Totpoderós! Envia foc del cel sobre aqueix monstre, ans que no petgi ma llinda, car porta amb son alè l'afront a ma nissaga, i jo só una miseriosa i trista fembra... Com vols, Senyor, que resistesca fins demà tanta vergonya?

Mentre així s'exclamava Madô, el molt alt i poderós Virrei entrà en la cambra. Duia la cara resplendent, encesa com les brases, i els ditots rabassuts carregats d'anells d'or i pedres fines. Madô Giselda estava esblaimada com l'assutzena al clar de lluna, i ses mans, sense joiells, queien al llarg de ses robes de dol com dos llirs capolats.

La cambra de la plaça estava apariada mateix que una cambra de noces, sinó que les noces que esperava no ho eren pas de pler, que ho eren de vergonya.

El Virrei prengué la mà a la dama i entraren a l'alcova. Mentre es llevava el gipó, llançà ella un gran sospir.

—De què sospirau, la dama? —li preguntà el Virrei.

—Sospiro per mon marit.

—No sospireu més, la dama, car vos jura el Virrei per sa corona que demà, a trenc de jorn, veureu l'espill dels vostres ulls, la flor dels vostres llavis.

I el poderós Virrei es posà a riure, mateix que un llop cerver.

El poderós Virrei es rebolca pel llit i el llit cruix de quimera; quan s'hi fica Madô, la casta esposa, el llit es quedà mut d'esbalaïment.

El Virrei dorm que dorm, i sos romflets s'ouen de la plaça estant. La dama no dorm pas, car l'afront no és pas tan bell dormitori com el pler; la dama prega a Déu per sos pecats, car s'acaba sa vida.

Pels carrers de la Vila, la soldadalla ubriaga amb el vi de les bótes engegades, corre amb teies enceses, torbant la quietesa amb sos lladrucs i xiscles de gossos forasters.

Entorn del casal canten i riuen mateix que mals esperits. La dama, per no oir-los, enfonsa el rostre en el coixí i el xopa amb ses llàgrimes.

La nit de dol és llarga, interminable, com la nit de l'Infern.

El Virrei dorm que dorm; la dama vetlla i plora, i tantost romp el jorn, salta del llit.

Tot cordant-se el gipó sent un gran rebombori... espinguets de trompetes, rataplams d'atabals i potejar i renilleig de poltres. Madô queda erta d'esglai, car pensa que li duen el marit deslliurat.

El Virrei es desperta i somriu satisfet.

—Voldríeu, noble dama, guaitar què és estat açò?

Madô Giselda s'apropa a la finestra, encesa de vergonya.

La plaça està enrondada d'homes d'armes, amb els capells de ferro guspirejant als raigs del sol ixent i amb les mans als encebs dels arcabussos. Enmig de la rodona s'aixeca un pal molt llarg... del pal penja una corda i de la corda, un cos que es balanceja d'ací d'allà, mateix que un fruit madur a punt de caure... Madô Giselda el veu, llança un ahuc ferotge i cau sobre les lloses.

El molt alt i poderós Virrei d'aquelles terres s'allunya satisfet de la Vila rebel, enrondat i seguit de ses gents d'armes.

Quan és al portal de la Vila atura son frisó —blanc com un glop de llet i presumit com una damisella— i llançant carrer enllà les claus de portals i presons, diu a sos heralds que facin una crida. I tocant les trompetes i tremolant les banderoles, el heralds fan saber que el molt alt i poderós Virrei d'aquelles terres ha fet justícia seca en nom del senyor Rei...

Cap ànima vivent l'escolta, aquella crida, en la Vila deserta, que sembla un cementiri; només l'escolta un cap de nines apagades i llarga barba blanca que, encastat en un clau, dalt del portal, plora llàgrimes de sang, que cauen una a una sobre la túnica, obrada amb ors i sedes, del poderós Virrei.

Quan l'estol és partit, es veu venir del lluny del lluny, per l'indret de ponent, cap a la Vila, un espès núvol negre. És un gran vol de corbs.

¿Qui és el gentil cavaller d'ulls dolços, amarats de tristesa, i de cos vincladís com una canya, que passeja pertot com una ànima en pena, sense altra companyia que la d'un patge vell, que sempre el segueix a retaló, mateix que una fantasma? És un noble estranger, de llunyes terres, que ha vingut a servir el senyor Rei i no entén el llenguatge del palau; per això no escateix amb ningú i s'allunya de festes i saraus. Els jovencells se'l miren amb enveja, les tendres damisel·les amb amor, car és bell com el sol de migdia i jove com un patge de la Regina mare. Mes ell, indiferent, s'aparta d'uns i altres, onejant son cos prim com una canya i amb els ulls foscos amarats de tristesa, talment com si tingués el cor i el pensament presos en aquelles llunyes terres d'on vingué.

Hi ha grans alimàries al Palau. El senyor Rei pren muller per terça volta i el reialme es capgira per terça volta, festejant les noces del senyor Rei. El senyor Rei pren muller per terça volta i el poble celebra per terça volta la ventura del senyor Rei.

Tots els magnats van a la Cort per saludar-lo i demanar mercès: car, cada volta que el senyor Rei pren muller, les escampa a mans plenes, les mercès, com si volgués fer arribar fins a tothom sa gran joia reial.

El molt alt i poderós Virrei d'aquelles terres també hi és anat, a Palau, a pidolar quelcom. És comte, marquès, duc... Vol ésser príncep, que tot li sembla poc.

El senyor Rei somriu tot escoltant-lo, i li dóna lo que vol.

El nou príncep baixa l'escala del Palau ubriac de supèrbia, la cara resplendent, encesa com les brases, i els ditots rabassuts carregats d'anells d'or i pedres fines.

Per la banda contrària ve el noble cavaller de llunyes terres, amb el patge al darrera, callat i ert mateix que una fantasma. Amb el cos vincladís com una canya i els ulls negres com penes, s'acosta poc a poc, arrossegant per terra, com un ròssec de sang, son mantell d'escarlata.

Just el primer replà, es troben cara a cara el noble i el Virrei.

I aquest li fa amb menyspreu:

—Aparta't, barbamec, que passa un Príncep!

El cavaller s'atura, i, com si de cop entengués el llenguatge del palau, exclama amb mofa:

—Salut al príncep nou! —I aixecant el braç dret, de pressa com un llamp, li enfonsa al mig del pit la daga cisellada.

—Pietat! —exclama el príncep, batzegant com un arbre serrat.

—La que de mi tingueres, el felló i assassí —li respon l'estranger amb una flama als ulls; i li clava l'acer altra vegada.

—Oh, Giselda!... Perdó!... —murmura el Virrei, reconeixent-la al punt de caure en terra.

Mes ella, amb les dents closes, li diu així a l'instant:

—Que te'l do Ell, si val! Vés a cercar-lo!

I amb la terça fiblada li deixa el cor divís; i el poderós Virrei d'aquelles terres dóna l'ànima a Déu.

Pels passadisos del Palau s'allunya llestament el donzell foraster, onejant el cos prim com una canya moguda per l'oratge i amb els ulls plens de fosca. Li cau del braç esquerre i arrossega per terra, com un ròssec de sang, son mantell d'escarlata.

El patge vell, que li va a retaló, ert i callat mateix que una fantasma, somriu amb viva joia.

SECRETET ROSA

El doctor rumiava altra volta, tot pujant l'escala, aquell treball que s'havia compromès a presentar en el Congrès de Fisiologia de Viena, i aclaria mentalment els punts obscurs, n'accentuava les hipòtesis originals, n'arrodonia i emmotllava bellament la forma, la refeia, com qui diu, d'un cap a l'altre, amb aquell secret delectament d'autor que sent l'obra no fallida, de pare en la deslliurança del fill que veu néixer sa i condret.

I tan abstret anava en sa cabòria, que s'oblidà de saludar amb sa rialleta d'habitud al porter, qui s'aixecava amb respectuosa diligència, com no reparà, ell, tan polit, en la marca de fang que son peu, no eixugat a l'entrar, deixava en l'escala de marbre, ni en la refregadura polsinosa que amb son cove li feia en la mànega negra de la levita, el xicotet del pa, al creuar-se amb ell a mitjans del tram...

Clac, clac, clac!... amb l'apressament d'esma de l'home que fa anys porta totes les hores amidades per l'ocupació, les soles del doctor colpejaven amb rapidesa els blancs graons sens que ell s'adonés tan sols de que pujava, fins que, a l'arribar al replà del pis, veié que en sortia un dependent de botiga, carregat amb una grossa capsa de cartró. Aleshores, fent un gest de mà a la cambrera per a que no tanqués la porta, s'aturà un moment per a deixar passar al noi, i després, amb un lleu cop de cap amiguívol, travessà distretament per davant de la serventa, que se'l mirava tota encantada, i es ficà decididament a dins, anant-se'n de dret, amb la seguretat i confiança de l'habitual esperar, cap a les habitacions del malalt, sense esperar tan sols que l'avisessin.

Tot era fosc i quiet, més fosc i quiet que de costum i sos passos semblaven apagar-se també més que de costum en la catifa, com si aquesta s'hagués engruixit del dia abans ençà; mes el doctor era prou pràctic de la casa per a poder seguir-la tota a ulls clucs. Llestament, sens ni menys fregar en un moble, travessà la sala, girà a l'esquerra i es trobà davant la porta de la cambra. Amb estranyesa reparà llavors que aquella estava ajustada i que a son darrera semblava regnar-hi igualment la quietud. ¿Com era això? ¿S'hauria condormit, a la fi, aquell pobre crònic sofridor a qui semblava negat el descans? Amb la lleu emoció d'una esperança, empenyé cautelosament. La fulla cedí, rossolà silenciosa per la catifa i deixà una ampla llenca buida da-

vant del doctor. Aquest aixecà el cap, i en el mateix punt
el ferí, com un tret inesperat, una mena d'espaumament,
d'enlluernament, d'atac agut i repentí de sobresomni. Allà,
al davant mateix, arrimat a la paret frontera i enmig dels
dos balcons emmantellats de estores i cortinatges, hi havia,
en lloc del moble antic ple de tassetes i ampolles de mede-
cines, un bell i fastuós armari Lluís XV, qual clara i magní-
fica lluna servia de fons a una visió pulquèrrima i ardida
de Van Beers. Era una figurina de dona, tota rossa rossa,
tota blanca blanca, amb un gran embull d'or sobre la testa
i amb els peus ficats en unes sabatetes de joguina. Entre el
cap i els peus hi havia un coll de cigne, un bust de Diana
jove... en funció de gran gala, una nevada vesta de finís-
sima holanda, florida d'un llacet rosa en cada espatlla, dos
braços retorçats divinament enrera i unes llargues mitges
de seda negra emmotllant unes cames sense titlla. Breu;
se tractava d'una gentil dameta en una de les fases íntimes
de la seva *toilette,* que hauria pogut intitularse: «L'emprova
de cotilla...»

Després del primer surt de sorpresa, el doctor se donà
compte clar de sa situació, de l'errada soferta, els ulls fe-
rits per el Van Beers... I sorprès restà un instant immòbil,
guaitant la bella dameta amb el coll suaument torçat, les
mans aplegades subjectant el ram de cinta a trenc de cos,
la mirada fixa en la cotilla de l'espill, estava tota abstreta,

com si ella també rumiés sobre algun pensament, els parpres mig closos... D'improvís, oh tretes del fat!, son esguard va topar amb dos carboncles que lluïen allà al fons de la penombra. L'efecte fou extraordinari i instantani: una impressió d'esglai intensíssim, corgelà a la dama, llevant-li en sec tot el color del rostre. El doctor se sentí descobert i no sapigué si escapar-se com un malfactor a correcuita, o permanèixer indelicadament junt a la porta... Una confusió galanterosa es pintà en son esguard com demanant perdó... La dameta va atrevir-se a girar una mica el cap; damunt la neu de sa cara s'hi estengué una veladura de color de rosa, d'un rosa sobtat, més viu que el dels llacets de les espatlles, com si el pessic de carmí furtat a sos llavis s'hagués escampat, impregnant la pell de seda... Pudor, segurament!... Acabava de reconèixer a l'intrús... Comuna exhalació, verificà un examen de testa endins... ¿Fou figuració o cosa certa que la empremta d'esglai se disolia en una mena de somriu mental, sense gest definit?... En el dubte el doctor aprofità l'oportunitat... Tota sa expressió es convertí en un himne d'aprovació mudament xardorosa, en un delicat homenatge de fi *gourmet* coneixedor; se blincà tot ell en profunda reverència i... la porta es clogué lentament, com cortina d'escenari, damunt la fantasia de Van Beers... La visió lluminosa, però, seguí tot davant d'ell a través de la fosca de la saleta, del passadís, del vestíbul...

La cambrera, al sentir obrir la porta per mà forana, corregué a llucar, quedant encara més meravellada d'aquella rapidíssima sortida que de l'entrada inesperada, però, en canvi, el malalt crònic del segon pis trobà al senyor doctor molt més rialler i expansiu que altres vegades...

La dameta i el doctor són persones de societat... Més d'un cop s'han trobat en saraus i teatres... i sempre, al llambregar-se, una corrent misteriosa atrau los dos esguards. El pessic de carmí de sos llavis s'escampa damunt la cara d'ella, el recòndit tribut d'admiració es reprodueix en la mirada d'ell... El record agredolç té per a ambdós un regustet picant i temptador de fruita prohibida, i per un moment el saboregen ella i ell amb delícia maliciosa. Van Beers s'ha decantat cap al segle XVIII... Després s'esvaeix, i aquell instant de muda intel·ligència queda desconegut de tothom com un secret... com un petit secret rosa... Rosa com aquella flameta pudorosa de les galtes, com aquells bufons llacets de les espatlles... Un dolç petit secret de doctor cavaller i de gentil dameta vanbeerina!

LA PUA DE RAMPÍ

Quan va haver desenfornat, la Pubilla esmorzà el seu plat de sopes de menta i la torrada fregada amb alls, i se n'anà a vestir per a emprendre de matinet la ruta cap a Suriola. Un cop pentinada i agençada tragué del guarda-robes el tovalló de gra —que flairava a bugada i a pomes del ciri—, per embolicar la coca. Sempre que pastava en feia una de dolça, gairebé de la llargada del palmell. Deien que hi tenia la mà trencada, per les coques, que era la llaminadura preferida dels seus, i ella posava punt en que ho diguessin amb raó; però aquell dia s'hi havia mirat més encara, perquè la coca era per a la tia de Suriola, que ella estimava tant, car li havia fet de mare quan perdé la seva, als quatre anys. I la veritat era que li havia eixit que ni de motllo; rossa com un fil d'or, ni massa prima ni massa gruixuda, molsudeta i esponjada (perquè als oncles ja els flaquejava el dentat i no estaven per durícies), tota encrostada de pannes clivellades de sucre fos, sembrada de pinyons plomats i guarnida amb anxoves salades i dauets de confitura de codony. Si no hagués estat per aquella petita cremadeta, a sota, en el regruix de la vora, no hauria desdit de mà de confiter. No pogué veure-se-li semblant tara, i mullant-se el dit amb una gota d'aiguardent, l'hi passà per sobre i després hi tirà un polsim de farina. Aleshores sí, que se la contemplà satisfeta, amb un puntet de vanitat i tot, abans de bolcar-la curosament amb el tovalló com un alum.

Eren ben bé quarts de set quan desembarrava la porta petita per fer més via passant per la drecera.

En prendre comiat del seu pare, abans de marxar, aquest eixí de la cort de les eugues, per preguntar-li:

—Ja et recordes de la pua del rampí?

—D'ahir nit que la tinc a la cabassa.

Es referia a la que havia trencat, no se sabia com, el barroer del mosso el darrer dia que arreplegà l'userda.

—Si no té adob, torna-la, que em servirà per a desembrussar la canyeria de l'aigüera.

—Està bé, pare... Bon dia, que Déu nos do...

—Bon dia, noia. Memòries als oncles.

I eixí amb la gran cabassa a la mà i el mocador d'abric, ben doblegat a plec de braç, enmig de les corredisses avalotades i la cridòria infernal dels gossos.

No feia molt que havien trencat les albes, i el món, tot ple de grisors desllustrades, semblava un gobell d'estany.

L'oreig matiner pessigava finament les carns amb ses ungletes d'infant i el sòl era relliscós de la gebrada.

Davant la casa fumejava com una boca de forn la femera grossa, encensant l'espai amb sa alenada calda, que de tan sentorosa feia coure els ulls.

La Pubilla davallà llestament les graones dels horts. Les cols del de dalt i les herbetes de les vores eren totes blanques, com si també les haguessin empolsinades amb sucre mòlt, i en el de baix, uns quants gratallets escampats denunciaven que els conills començaven a cobrar-se el delme dels cigrons. En l'alzina reclamera hi havia un vivíssim xirigai d'ocells...

Abans de ficar-se en l'ombriu llostre del bosc, la noia escampà l'esguard per tot el que abastava, talment com qui repassa una lliçó llargament sabuda i el cor li tremolà, agitat per una represa de ventura pacífica. Si hagués gosat, hauria fet com els gossos que cada matí guimbardejaven i movien tan enrenou, sols perquè s'aixecava un altre dia...

En les vint-i-quatre hores que compta cada un que se n'aixeca, les trasmudances han d'ésser molt ràpides si ha de donar abast al repertori.

Així, quan la Pubilla va sortir del bosc per enfilar el camí ral, el món ja no semblava el gobell d'estany desllustrat de suara. Regalimós de l'aigualig i ple de claredats i transparències irisades, era més aviat un veire de cristall acabat d'esbandir...

Sempre havia oït queixar-se a tothom d'aquell tirall de carretera que no s'acabava mai, però a ella li agradava qui-sap-lo. Mentre hi feia sa via, hala, hala, amb son pas menut i seguit de perdiueta, aimava deixar-se anar, distreta, al grat de les impressions fugitives que l'escometien, com a la companyia de gais passavolants, sense haver de pensar en els sots i desllivells que fan empassegar, ni en les urpes d'arç o romeguera que s'arrapen a les faldilles, amb la tenacitat de captaires porfidiosos, pels corriols silvestres. I la vista que tenia d'un cap a l'altre de la plana! Masies, llogarrets, comelles, arbredes, trencats, estanyols, ermites, passeres, reganys, davallades, vedrunes, revolts, prats, roqueteres, arenys, pontinyols, canalius... talment un pessebre i, com un pessebre, sembrat de ramats, de pagesos, de parells que llauraven, de carretes de bous, de caravanes de rodamons, i, encara, de lligabosc i romanins, de renills de poltre, d'escataineigs de gallina, de petar de fuets, de gorgorius, d'escórrecs, de cuetejar de cardines, de volar de garses, de fumeroles blavoses, de claqueigs de cloixes, de ziga-zagues de sargantanes, de trets de caçador, de clapits de llebrer... fins a perdre'n el compte!

Ara mateix, el sol, apuntant darrera la carena, tot enrojolat, com si acabés de fer alguna picardia, d'un reguiny de raig, treia mirallets als vidres de la Nespleda, i la tossa de la masia, al cim del pujol, encara mal aclarit, semblava un autocar amb els farells encesos... Una mica més enllanet, el

Castell de Curriol, al lluny, sorgint de la boirina plana que esborrava la falda de la muntanya, s'hauria dit suspès entre terra i cel...

Es trobà amb les cercoladores del Gambí, totes en rengle, amb els cavics i bigotets al muscle.

—On anem, Pubilla, cap a Suriola?...

—Cap a Suriola, si voleu venir...

—Diu que la teva tia encara no està bona?

—L'han tinguda d'aixetar...

—Mala marfuga, als seus anys!... Aigua al cluell, vianda al ventrell...

—Ja teniu raó, ja!

—Bon remei, per això!

—Déu ho vulga!

—Adéu, Pubilla...

—Adéu, mestresses...

Durant uns minuts les oí garlar i riure a la seva esquena; després quedà de nou soleta en tota la llargada de la carretera i el paisatge tornà a robar-li els ulls i el cor.

¿Què era aquella blancor confosa, com de polseguera, encantada cap a la dreta, en els últims termes?... I ara! Si era Mata-rodona, la terra de l'oncle! Just! Ara hi descobria enmig la cucurulleta del campanar, com una paperina d'anissos posada boca avall... Mireu que era prou que sempre l'agafés de sorpresa! Segurament perquè aquell poble, a cada claror, s'afigurava amb diferent aspecte. Mirant-se'l en aquesta hora, ¿qui no diria que havia d'ésser com un glop de llet? I amb tot, ella sabia que no tenia una sola casa emblanquida; totes eren de color de pa de casa...

Es rascà la galta dreta perquè el sol, pujant de pressa, ja picava com una manxiula. Entre aquella escalforeta i la del caminar, la sang li feia pessigolletes en tot el cos i com més es movia més delit tenia de moure's; les cames li anaven d'elles mateixes, sense ni sentir-se'n, i el camí se li fonia sota els peus. Ja havia passat Birell, tot ensotat vora la carretera, amb la seva escampadissa de pallers i la seva nevada d'oques escridassaires; ja havia passat el gual de la riera, on s'aturava a reposar quan, de joveneta, anava a Suriola, dues vegades a la setmana, per aprendre de lletra amb el senyor mestre; ja estava a les envistes de Puntís, l'antiga masia fortificada, malmesa i desemparada durant la darrera guerra carlina i ara esgranant-se pedra a pedra en la solitud, com una magrana madura al cap d'un brinc.

Prop de la torre color d'esca, el terrolló de la carretera preparava les nou hores sobre un foquerol de canyota. El ventet terral estenia un estiregai de fum i olor de fregidura conreus enllà i el sol li arrancava un miroteig espurnejant a la xapa metàllica de la gorra de reglament.

—Bon dia, *peó*...

—Bon dia, noia, amb la companyia... Vols esmorzar?

—Vagi de gana...

El món ja no era un gotell d'estany ni un veire de cristall, sinó un anap d'or, tot rutilàncies i remirances càlides. L'espai parpellejava a cada batement de tempes, i deixava anar com il·lusòries ruixades de ginesta, fent Corpus abans d'hora. Grocs de carabassa, de taronja, de sofre, a la barreja, cobrien les nafres dels desmunts i xopaven els primers termes... Enmig d'ells, com enartada per mandres estiueres, s'esmunyia silenciosa vers les muntanyes d'ametista clara, que barraven l'horitzó, la serp mareperla de la carretera, clapejada de taques obscures per l'ombra errant dels ocells.

Quan ja veia rossejar Suriola, allà, al fons de tot, com una almosta de forment acurullat sobre la planura esmaltada de verds tendres, a pinzellada estesa, encara la Pubilla es creuà amb un altre vianant. Era un matacamins, espellifat i brut, amb una bóta, inflada a rebentar, penjant del muscle. El precedia i l'anunciava d'un tros lluny una ferum coenta de vi negre, de tabac recremat i d'immundícia, que molestà l'olfacte de la noia molt més que la bravada de la femera del seu Mas de la Rambla.

—Adéu, Roget...

—Hu...[1] —grunyí guturalment l'home, a manera de contesta i mirant-la de biaix, sense aixecar els parpres.

---

[1] The same monosyllable characterizes Ànima, who represents the forces of evil in Albert's *Solitud*.

La Pubilla el coneixia prou, d'haver-li llescat pa més d'una volta, quan anava a captar al Mas. Fill de Mata-rodona i d'una família de gent de bé, però gandul i tavernaire, de jove jove havia fugit de casa, donant-se a la mala vida.

Els seus no volien ni oir-ne parlar...

Quines salutacions més afectuoses, homes i dones i fins es diria que bèsties i coses, quan pujà la costa morta del poble! I quina alegria, la de la tia, en rebre la neboda i el seu gustós present! No sabia on posar-se-la, li feia preguntes i preguntes sense donar-li temps de respondre, li volia ensenyar trenta novetats a la vegada; la cria d'ànecs com collverds, els dos clavells *pitjor* que dàlies de la clavellina que havia esponcellat ella en la darrera visita, el travesser de feltre que havia comprat pel llit; les cimolses que el metge li havia fet posar perquè no es refredés de peus...

Duent treballosament d'una banda a l'altra el seu ventre imposant d'hidròpica, no es donava punt de repòs, fins que la Pubilla, rient i agafant-la pels dos braços, l'obligà a asseure's a l'escorn, sense fer cas de les seves protestes.

—Quina sort que hages vingut avui, filleta... Justament el teu oncle és a fira i hauria estat tot el sant dia sola...

—Ah, sí? Soletes dieu? Doncs ja veureu quina festassa, per castigar-lo d'haver-se'n anat quan jo havia de venir!

I manant-li que no es mogués d'allí, perquè no li deixaria fer res, tal com si aquell dia hagués llogat criada, s'arremangà de braços i empunyà l'escombra. De la cambra al celler, del rebost a l'eixida, ho resseguí tot i, entre bulles i veres, ordenà ràpidament aquella casa, una mica endarrerida per la malaltia de la mestressa. Després aconduí l'aviram i arreplegà aigua per dos o tres dies, mentre l'escudella bullia en l'olla penjada dels clemàstecs; finalment, va fer una truita amb els ous i les xuies que havia dut de la Rambla i es posaren a taula. La tia, enternida, plorava d'agraïment, embadalint-se, sempre més i més, amb aquella neboda que ella s'havia criat i que valia més or que no pesava. Havent dinat rentà els plats, deixà eixugar a la tia les culleres, posà el sopar, ja cuit, al rescalf del fogó i se n'anaren a cosir a la solana. Paraula va, paraula ve, va repassar tota la roba i vorejà unes faldilles, després, poc a poc i fent bracet amb la gamada, per ajudar-la a caminar, se n'arribaren fins a l'hort. Quan, cap allà a les quatre, arribà l'oncle de fira, s'adonaren de que els havia passat el dia sense saber com, i que amb poc més es descuida de la pua del rampí.

Després de despedir-se dels oncles, se n'arribà amb un salt a cal ferrer.

—Pubilla, això no és feina meva... Si vols, quan vagi a Figueres, miraré què s'hi pot fer...

—Ja ho diré al pare... Bona tarda, ferrer; fins a un altre dia...

—Ara te'n vas a la Rambla? Arribaràs tardet...

—Ca! Ja tresco, si convé... Quan l'estable l'*aguarda*, l'euga coixa és gallarda...

—Tu ho ets sempre, Pubilla...

—Sort que no us sent la ferrera, si no em faria mala cara...

I, somrient afable, es llençà costa avall amb una gallardia que li encomanava, si no l'atracció de l'estable, la fortalesa de sos vint anys.

«El ferrer tenia raó, tanmateix... S'havia entretingut un pèl massa... Seria cosa de picar soleta.»

El gobell d'estany, el veire de cristall, l'anap d'or, s'havia transformat en una cràtera d'aram polit. Tot en son fons, eren policromies fantasioses, virolaines calentes de simfonia tardoral, voravius de foc ribetejaven el perfil retallat de les muntanyes blaves i els massius d'arbres verd-foscos. Una ronda xisclaire de ballesters, com una espurnada de gotes de tinta sobre el cel, festejava la brasa encesa del cloquer; les vaques tornaven de l'abeurada regalimant baves i guaitant del blanc dels ulls sa llarga ombra en terra, la conca del firmament s'aprofundia amb espessors netes de porcellana violeta amb reflexos daurats; la carretera, com una madeixa de lli blanquejat, s'anava a perdre en les confines del paisatge; els ramats velaven gansoners, amb el velló tenyit de color de rosa... Era una meravella...

En el primer tros de camí, la Pubilla es cansà de trobar gent coneguda, que plegava de llurs tasques jornaleres;

després, homes i bèsties anaren minvant gradualment, a mesura que creixia i s'accentuava el volum i el relleu dels accidents... Els pilons del gual ja no tenien la seva mida justa, sinó que eren com soldats en filera, fent sentinella; un tossalet de res devenia gairebé imponent com una serra; el rierol grunyia amb ínfules de torrentó...

Poc més enllà de Puntís, punyí el ras del cel una fiblada lluent; l'estrella del Pastor...

La Pubilla apretà el pas, ja un poc neguitosa per la proximitat de l'hora llostre. Al seu pare no li agradava que travessés el bosc a les fosques i temia el seu reny.

Un mussol començà a xutar, i això va tranquillitzar-la, com una companyia inesperada. També va alegrar-se quan, passant prop de la clotada de Birell, un gos invisible, tancat en algun pati, la sentí de flaire i es posà a lladruquejar-la acarnissadament, com a un enemic.

Un esclat de resplendors intenses rera el Castell de Curriol, un espaume clarífic en l'espai, unes glopades de sang viva en aquell pic i en l'altre crester i el sol quedà post repentinament, en un cluc. Una polsina finíssima de cendra ho enfredorí tot, cel i terra, les llunyanies es velaren mateix que un vidre a una alenada tèbia i es féu un minut d'absolut silenci, com si el món es recollís en ell mateix, embasardit, davant l'arribada del misteri.

A la retardada li mancava gairebé un terç de camí a fer i apretà més el pas encara, si bé l'enfornar de la nit passada i les caminades i trastejar del dia li fessin ja ben sensible el cansament.

Deu minuts més i va operar-se una nova i meravellosa transformació. Les cendres foren espargides per un ventall invisible, una enganyadora diafanitat, semi-impenetrable, uniformà la disparitat dels termes, afinà les masses, traient-los cos, féu imprecisos i fantasmagòrics els contorns...

De repent, espurnejaren en l'altura un grapat d'estels, flautejà un tòtil, crotà una granota, carrisquejà com un xerric de serra en la llunyania incerta, dos corbs silenciosos, l'un darrera l'altre, ratllaren d'un rastre negre i fonedís l'òpal celestial... Al fons d'una finestra, o potser en un relleix de marge, a mig aire de la muntanya, s'encengué, titil·là i s'apagà una llumeneta...

Un griso fi i penetrant com un somrís de verge passà a flor de pell, camí de l'infinit...

El món fou ara un pal·lidíssim calze d'argent, damunt del qual vingué a suspendre's, com una perla immensa, l'hòstia blanca de la lluna... Això, en el punt mateix que la Pubilla penetrava bosc endins. Altres deu minuts i els cans de la Rambla anunciaran al pare sa arribada... Però... ¿Què era aquella ferumeta, com de carronya consumida, que sobtava els seus narius?...

A mitja ensumada, un tou de mateguer s'agità i la fera boté al seu davant. L'esglai li fongué a flor de llavi el crit...

Albert

És ell, no en té cap dubte; no el veu, però percep, molt més intensa que al matí, la bafarada agra de vi negre, de tabac recremat, d'immundícia... i li crema el cervell, com una espurna elèctrica, la recordança d'aquella pobra criadeta que jurava i rejurava que era innocenta, que no tenia festejador, que li havia eixit de trascantó un desconegut... i una altra recordança, més dolorosa encara; la de la mort, tan jove, tan jove!, de la mare, colpida d'una malura misteriosa i inexplicable per a tothom del Mas, però revelada secretament, abans de finar, a la tia de Suriola...

Això li encomanà una energia terrible per a fugir del perill; però, abans de que pogués intentar res, una massa de plom li cau al damunt, la tomba d'esquena, i malda ferotgement per subjectar-li els braços i tapar-li la boca... Es redreça com una serpent pessigada per la dalla, s'agarbona amb ell, i, abraçats, encolats l'un a l'altre, van a tomballons, tan aviat sobre, tan aviat sota ell com ella... La Pubilla sent que aquell home no és fort i que un esforç suprem podria salvar-la; i mossega, esgarrapa, perneja follament. Quan menys ho espera, sent un ahuc ofegat i l'argolla de ferro que li esclafa les costelles s'afluixa imperceptiblement... D'una reblincada violenta aconsegueix donar un altre tomb i cavalcar damunt del monstre... Ja és seu! L'instint la guia, com el simonet a l'orb... Ella mateixa sent que la seva cara deu donar feredat de veure... Quan se'l troba com bal-

110

dat, vençut, enmig de les cames, s'aixeca d'un bot... Encara li resta com un besllum de raó per a collir la cabassa, per a allisar-se els cabells...

No sap pas com ha fet, a peu, els centenars de metres que li manquen, però comprèn que no és tan tard com es pensava, perquè al Mas l'esperen per a sopar, congregats tots dins de la cuina.

—Ai, no! —fa ella—. Ja he sopat a ca la tia: per acompanyar-los, sabeu? I com allà ho he endreçat tot i estic rebentada, me n'aniré al llit de seguida, si no us fa res...

Ho ha dit de la penombra estant, sense deixar-se veure la cara i amb una veu lassa, que els altres atribueixen a la fatiga.

—Vés, filla, vés... Tu sempre en fas massa, quan vas a Suriola... Ja diré jo a la tia que no t'ho consenti... —declarà el pare, benèvol.

—Espera, que t'encendré el llum —fa la criada vella.

—Ja tinc mistos i el ciri a la tauleta... Bona nit!...

I sense esperar que surti ningú, pujà l'escala a les fosques.

Passa un dia, en passen dos, en passen vuit, en passen deu...

La Pubilla està una mica descolorida, com rosa posada de temps en el pitxer, i es queixa de migranya; fora d'això, res que acusi la més petita novetat ni pugui donar sospita de l'ocorregut.

Al cap d'una mesada llarga el bover del Mas Mitjà, que té rateres parades als conills, tot sotjant, arrupit darrera un amagatall, sent, de tant en tant, unes ratxes de pudor fada, que li fan venir cori-mori... En passar davant del Forat de la Rambla, aquelles ratxes són més fortes.

El Forat de la Rambla és una cavorca en els roquissers de ponent, a tres-cents metres de la masia, però en l'altre pendís. El bover hi ficà el cap i veié, estès a terra, tan llarg com Déu l'havia fet, un home. El seu aspecte era d'estar mort i ben mort. Com si l'empaités, enferestit, el *pare* de la vacada, corre cap a la Rambla i aboca la nova; corre a Mas Mitjà i fa el mateix: passa per Rellissos, i, ¿per a què serveix la llengua?... En un quart, és com un reguer de pólvora... Hi acut gent de tots cantons... Quan hi ha bon ajust, arriba el jutjat de Suriola amb el metge de Molleda.

El Roget està entravessat, a l'entrada mateix de la cavorca, sobre un replà, trencat per un escaló; per aquell escaló el cap penja i queda més baix que el cos; té la boca mig pam badada, i el llavi arremangat simula una ganyota espasmòdica, que la mort empedreí. La barba, de pèl roig i test com pues de rostoll sec, fa dos travessos de dit i en els badius del nas i en un dels ulls —girats en blanc—, mosques negres amb reflexos metàl·lics estan clavades com llagastes...

El pare de la Pubilla ha deixat una civera per a transportar el cos i, malgrat la fetor insuportable, acompanya, junt amb molts d'altres, la comitiva fins al cementiri de Molleda, i presencia el despullament del cadàver i el rudiment d'autòpsia.

El metge, després d'un breu examen, declara de què ha mort el Roget. Una taca violàcia en el sagí esquerre denuncia el pas d'un cos perforant i aquella punxada, no guarida, ha provocat una peritonitis. El demés, ho ha fet la fam i la set.

Quan es tracta d'instruir diligències, són molts els que recorden que, com a cosa d'una mesada enrera, el Roget passà per aquells pobles amb una colla de bohemis, prop del clot de Birell tingueren batusses per no es sabia què i després se'l veié a ell sol, trotant per les carreteres. Semblà el més racional atribuir el crim a la revenja dels antics consocis i es donà ordres de detenir-los allí on se'ls atrapés. Però com Déu sap on paraven ja, i amb el Roget no es perdia gaire res de bo, i, de més a més, la família no volgué prendre part en causa, el jutge s'arronsà d'espatlles i digué que enterressin el mort...

Tornant cap a casa el pare de la Pubilla anava amb el cap cot. La veié a ella asseguda a la graonada de l'hort de baix, s'hi atansà i se li assegué al costat. La Pubilla va veure-li el color trencat i la cara estirada, com si hagués perdut la nit.

—Pare, que no us trobeu bé?

—Escolta, filla, ¿què vas fer de la pua?

La Pubilla quedà sense sang a les venes...

—No t'espantis i digue'm la veritat...

—Vaig enfonsar-la en la Feixa del Bosc...

—Ben enfonsada?

—Sí, pare.

—¿Estàs segura de que no la pot trobar ningú?

—Sí, pare.

—Està bé. Anit desmuntaré el rampí i a la primera avinentesa faré barates...

I el pobre home no s'atreveix a preguntar res més.

Quan ens lliguen a la vida, ens lliguen al nostre fat, que és com dir, a un ordre de fatalitats determinades.

La Pubilla té filles; són fresques i boniques com poncelles, i van a aprendre de lletra i cosir a Suriola. Cada vegada que marxen, la mare sent un baticor ofegador i no respira fins que se les torna a veure al costat... Però és la Pubilla de la Rambla, duu tres-cents anys de nissaga arrelada a aquella gleva, i el Mas és la nineta dels ulls de tots, i el pervindre dels d'ara i dels vinents. Fins el bosc sembla sagrat i per res del món en tallarien ni una alzina.

Probablement un dia o altre passaran les filles per l'esglai que passà la mare, que passà l'àvia, que passà la besàvia, tal volta... Mes, qui podria evitar-ho? El Fat és inexorable.

LA JOVE: TOT PASTANT

El panet de llevat, estufat i dur, d'una duresa flonja, tenia forma i turgències de pit de dona, i la Beleta sentia com una sensació agradosa amoixant-lo i fent-lo saltar entre les seves mans. Era una feina realment plaent, la de pastar; ella no se n'havia cansat mai, per pans que hagués de fer, i per molt que costés de fer-los pujar... Enfarinà la pastera, i formà al mig la corona de farina. Sempre que la veia o tocava, la farina, i fins només de sentir-ne l'olor estimulant, que no es retirava a cap altra mena d'olor, li venia a la memòria la seva sogra, que Déu perdó. Quan era ella, la sogra, la que pastava i duia el pòndol de la casa, així que feia anar i venir el sedàs per sobre el passador, repetia sempre allò de: —«Padrina, padrina, vós que passeu la farina, traieu-me de dins del sac, catric, catrac...» Mai deia res més que allò, del començ de la rondalla. A la Beleta, li hauria agradat saber-la tota, la rondalla aquella, i per què havien ficat la noia dins del sac, però mai s'havia atrevit a demanar a la sogra que la hi contés... «Feia tan criatura el contar

rondalles! Si les cunyades haguessin estat petites o ella ha-
gués tingut fills... Era una bona dona, la sogra; encara no
veia una llàstima la veu se li nuava i les llàgrimes li venien
als ulls... Havia patit tant d'esperit, en aquella casa! Tenia
un geni tan repropi, el sogre... i era tan gasiu!... Ai, sen-
yor! Què en va traure, d'estalviar?... També va haver de
deixar-ho tot... Ben cert que altres persones se n'ajudaren
molt, per això...»

La Beleta tornà a prémer vigorosament, amb el revés
del puny, una i altra vegada, el panelló de llevat... repassà,
engruixint-lo, el cèrcol de farina i seguí el fil del seu pen-
sament. «Bon Déu! Encara li semblava que el veia, aquell
matí brúfol, en què li descobrí, sense voler, el gran se-
cret!... El pastador era tan fosc, que, als matins, gairebé
s'hi havia d'anar a les palpentes. Només, a l'entorn del
finestró, la claror hi feia com un difús rodonell de boira
blavosa, però tot lo altre era com si estigués ple de fum,
d'una fumerola espessa que ho amagava tot; i en els ra-
cons, ho era tant, d'espessa, la fumera, que s'hauria dit
que es podia llescar... I, justament per això... perquè es
podia llescar...»

La Beleta reflexionà: «Ella sempre es perdia per fer-lo
una miqueta fat, el pa; veiam si avui ho ensopegaria»...,
i tirà un grapat de sal a l'aigua de la galleda, espargí un
pols més de farina sobre el llevat, es refregà les mans amb

un altre pols i tornà a maurar i matxucar, porfidiosament, la pasta. En tant, el pensament, ¡catric-catrac, catric-catrac, catric-catrac, catric-catrac!... com en la rondalla de la sogra, li anava fent la seva tasca. «En el badiuet que quedava entre el forn i l'ensacada dels trits, n'hi havia tanta, de foscor, i l'aire hi era tan quietó i temperat, així a l'estiu com a l'hivern, que la sogra i ella havien decidit posar allà el cabàs de la lloca nova, amb dues dotzenes d'ous triats, grossos com pomes del ciri... És clar que eren molts ous, però la lloca era ufanosa i els abrigava bé, amb les seves ales estarrufades; així i tot, valia més no refiar-se'n massa»... De resultes del dubte, ella havia portat unes faldilles velles, de bordets, per estendre-les sobre el cabàs. En aquell punt, entrà el sogre al pastador i, sense reparar en ella, anà fins al fons, on hi havia l'estiba dels sarrions de carbó que la setmana entrant s'havien d'anar a repartir pels poblets dels voltants.

El pastador havia estat dividit, per anys, en dues peces; l'una, enrajolada amb rajols antics, grollers i gruixuts com lloses de forn; l'altra, toscament empedrada amb palets de riera. Quan tragueren l'envà mitjancer, no van pas mudar la disposició del sòl. Els sarrions, uns damunt dels altres, fent tres fileres, ocupaven, al capdavall del pastador, el tros empedrat. El sogre se n'havia anat de dret vers el racó de la dreta, allí on la claror somorta del finestró encara deixava entrellucar quelcom. Tragué un sarrió del tercer rengle de l'estiba, un altre del segon, un altre encara del tercer, del que tocava a terra... Quedà formada allí una balma, com un amagatall negre... Aleshores el sogre, ajupint-se en aquell amagatall, es posà a rautar, en el bell rec, en l'angle mateix que feien les dues parets... La Beleta, amb els ulls ja avesats a l'escassetat de claror, copsava bé els moviments de l'home, però no encertava a endevinar lo que feia, allà, ajocat i rautant quietosament, no sabia què... Mirà de fix, però tampoc va poder veure res.

Tenia el cor estret, la jove, com si li hagués de caure al damunt una mala cosa; de gosar, hauria fugit d'allà, de por que el sogre no s'afigurés que l'espiava, però com no se n'havia anat de bon començ, per no suposar que ell havia de fer res d'amagat, ara se sentia incapaç de moure's d'allí, talment com si tingués els peus atenallats a terra, entre el torn i les saques de trits. I el sogre, entretant, ajocat i immòbil, anava furgant silenciosament, en aquell racó, el més allunyat de l'entrada del pastador. De sobte, la Beleta sentí un estrany *dring,* un sorollet petit i viu... com si un ferro hagués donat contra un palet del sòl... El sogre tenia alguna eina als dits, segurament... Quan va entrar, ella no s'havia pas adonat que portés res... Passaren cinc... deu... ¿quants minuts més?... A la Beleta, li hauria estat impossible mesurar, ni a les embastes, el temps que anava lliscant entre la misteriosa feina del sogre i el

sotjar anhelós d'ella... Estava com enartada... Altres so-
rollets estranys, quasibé inaudibles, venien, de tant en
tant, d'aquella balma obaga del racó... A la fi, el sogre, mal-
dant, molt treballosament, s'adreçà sobre les seves cames,
entumides per l'estona d'estar ajocat, picà de peus per
despertar-se-les, es pujà les calces cintura amunt, se les
espolsà dels genolls amb quatre manassades barroeres i
s'estrenyé la faixa... Ara la Beleta podia seguir sense esforç
lo que ell feia... Uns minuts de respir i el sogre començà
a tapar la balma que havia obert poca estona abans, en-
cabint els sarrions l'un damunt de l'altre, fins a deixar-los
restablerts en el seu primitiu lloc... I si ella no hagués estat
allà, ningú hauria pogut endevinar l'estranya maniobra
de tot just... El sogre passà, lentament, pel davant mateix
d'ella, vers l'entrada. En efecte, duia a la mà un petit bi-
gotet de ferro, que servia usualment a les dones per anar
a fer herba pels conills. Ella mateixa, la Beleta, l'havia fet
servir moltes vegades.

Quan perdé la remor dels passos i comprengué la jove
que el sogre ja era a l'eixida, es desenforatà també, pujà
l'escala corrent i es ficà a la seva cambra. En passar davant
del mirallet de vora la finestra, es veié, de regord, un rostre
de finada, blanc com un pa de cera, i sentí que havia passat
un gros esglai. Durant dies i dies no es pogué traure del
cap la feta del sogre... ¿Què era, lo que tindria en aquell
amagatall del pastador? Car, amagatall de quelcom molt

estimat havia d'ésser, del qual no volia que ningú hagués esment. De nit i de dia hi pensava la jove, i en passaren qui-sap-los, sense que es pogués donar contesta a les preguntes mentals que es feia. Fins que, una tarda... La sogra i la cunyada eren a l'hort, on hi havia, a causa del mal temps passat, molta feina endarrerida; els homes —el sogre i el marit— encara no havien baixat de muntanya, on anaven a cercar carbó... Estava sola a casa... Aparià el cove de la roba bruta, tancà la porta forana amb clau i, pel forat gatoner, ficà la mà i va penjar aquella al ganxo petit de dins... La veïna del davant cosia en el carrer; la Beleta va fer: —«Si venia algú, digueu-li, si us plau, que me n'he arribat fins a la riera»... I tirà carrer avall, però no pas cap a la riera, sinó que donà la volta al cantó i tornà a entrar a casa per la porta del darrera, que, abans d'eixir, havia deixat oberta expressament. Les quatre peces que duia al cove, ja les havia rentades a l'aigüera feia mitja hora... Quan traspassà de nou el margepeu del pastador, el cor tornava a fer-li aquella mena de catric-catrac de la rondalla. Sentia un no sé què que la feia estar en suspens.

En aquesta hora, el pastador no era pas tètric i ente-nebrit com al matí. Pel finestró, encarat a ponent i obert a mig tram del pla-sols a l'enteixinat de rajol i llata, en-trava, de biaix, una ampla faixa transparent, com de gasa d'or polsosa, per la qual passaven i traspassaven, donant-li una mena de tremolor de cosa viva, infinitat de corpúsculs erratívols, i tot de reflexos esborradissos mirotejaven per les parets, fent alegres pampallugues. Mercès a aquella faixa lluminosa, tot s'aclaria dins de la peça i el sentiment del misteri passava de la paüra a l'encís.

La Beleta no tenia temps per perdre; així que, arraconant ràpidament el sarrió del primer rengle que quedava en l'angle (els altres del primer ja havien estat venuts la setmana passada), fixà amb avidesa l'esguard anhelós en l'empedrat. Però quedà sobtada, car allí no es veia cap cosa que cridés l'atenció. El codolar que cobria el sòl, brut, desigual, amb l'esdentegament de cosa vella i descurada, tenia un aspecte gairebé uniforme en tot el seu tros visible. Però el sogre no s'havia mogut d'aquell racó; per lo tant, allà havia d'estar la *cosa*. Es fixà bé, amb tots els senys oberts de bat a bat... «¿L'enganyarien les fiances?...» La pedra arrimada al junt de les dues parets s'hauria dit que era un poc més ampla i més esmolada que les altres, un poc menys sutza també; i la terra de l'enclavat, que la rejuntava, feia un ribet una mica menys negre, menys greixós, menys compacte, que l'engrut restant. Calia sollevar aquella pedra! Aquesta era la primera providència a prendre. La Beleta no hauria atinat en la manera de fer-ho, però recordà el lleu dring metàl·lic i el bigotet en les mans del sogre. Corregué a l'eixida a buscar l'eina i ajocant-se també, tal com ho havia vist fer al vell, apuntalà una pua entre pedra i paret i, amb suavitat ferma, féu alçaprem.

Fou joc de poques taules, car la pedra, sobreposada de poc, no trigà a cedir i desencaixar-se. Ja la tenia fora de l'ajoc; però novament el baticor ofegà la jove i sentí que la prenia un altre esverament. En el jaç de terra humida, no es veia res més que... terra! «No podia ésser!» —es digué la Beleta. «Ella havia sentit rautar el sobre»; es posà a rautar també ella, agullonada pel neguit... Quan va estar a una mà de fondària, quelcom féu fort. A la fi! Arraconà la terra a banda i banda, descarnant, amb gran compte, l'objecte celat... Què seria?... Era una gruixuda tapadora de ferro colat, granelluda, tota encrostada de fang sec i de rovell. Estava plana sobre la terra, però de boca enlaire, és a dir, en posició invertida. No tingué cap sorpresa quan, en sollevar-la, descobrí a sota la boca circular d'una gerra. Estava també plena de terra... No; no era terra; era una substància menys compacta i més balova que la terra... La Beleta en prengué un grapadet i anà a posar-lo prop la faixa de llum que baixava, diagonalment, del finestró... Ave Maria Puríssima! Allò era segó; segó estantís, passat i embrunit pel temps i el soterrament... Estengué el davantal al sòl i anà traient a embostades, primer el de l'entorn, després el de dins de la gerra. Per segona vegada, quelcom féu fort sota els seus dits... Era un mitjó vell, tot sargit; un mitjó d'home, fet a mà, de cotó blau, que, de nou, havia estat blau fosc, però que, a força de rentades, havia devingut d'un tèrbol blau de cel. Estava farcit, replè

tot ell, i tenia un aire estrany, disform, com una llonga-
nissa; i pesava molt, una barbaritat, si es tenia en compte
el seu volum. La Beleta deslligà amb gran cura, com si re-
menés bresques, la veta negra i retorta com un cordó. El
mitjó vell no era altra cosa que un sarronet; un sarronet
ple de monedes d'argent: unes, les més, devien ésser molt
antigues, puix estaven quasibé negres; les altres, d'un gris
pres, color de plom (aquestes, coneixentes de la Beleta);
les altres, encar, amb noms estranys que ella mai havia vist
ni sentit anomenar. No podia entretenir-se a comptar-les,
mes, a ull, calculà que, almenys, feien una mota de quatre
o cinc-cents duros, curosament apilats en tres columnes,
cada una embolicada amb una fulla de paper d'estrassa
reblanit i després lligades les tres juntes amb fil negre, lo
que els permetia aguantar-se dretes dins del mitjó. Tor-
nant a desar-les tal i com les havia trobades, anava a en-
caixar novament l'estranya bossa entre el segó, quan li
semblà que la gerra era molt espaiosa per aquell farcit tan
petit, i, moguda per un nou impuls sobtat, enfonsà altra ve-
gada les mans en el segó i gratà nerviosament. No l'havia
enganyada l'instint. Allí hi havia quelcom més, també dur
com el mitjó que havia tret feia poc.

Dominant la seva impaciència i posant tots els cinc sen-
tits en lo que feia, acabà per buidar tot el segó de la gerra,
deixant al fons de la mateixa aquell quelcom misteriós
que havia pressentit. Enc que aleshores el fai aurífic que es

despenjava del finestró omplia de vives reverberacions tot el pastador, en aquell trau del sòl, l'ànsia golafre de la Beleta no pogué distingir-hi res; aleshores, bo i dolent-li el retard que allò significava en l'apressada tasca, anà a la cuina a buscar la capsa de llumins i tornà al raconet de l'empedrat. Encengué un llumí i, fent-li taparada amb la mà, projectà la claror de la flameta cap al fons de la gerra, amb la convicció que anava a descobrir un altre mitjó. Mes, no. Ocupant tot el pla del disc inferior, com si hagués estat fet a mida, i envolt en un tros de roba musca, hi havia un cabasset de palma també vell i florit, però dins del cabasset, la Beleta, esbalaïda, hi descobrí encara més monedes, sí; però, no monedes estranyes i lletges, sinó netes com una patena i relluentes com petits sols... Eren unces d'or... Quantes n'hi havia? No s'atreví a traure-les del niu per comptar-les, però no calia... La sogra havia estat filla d'una casa de molts possibles, i en casar-se, son pare li havia presentat cinquanta unces d'or —dobles de quatre, que en deia la sogra—, durant el dinar de noces, i les hi havia presentades al davant, precisament, dins *un cabasset de palma*... La núvia, feliç, havia presentat i donat, a son torn, el cabasset al nuvi, i... mai més ella n'havia vist ni el rastre. La Beleta ho havia sentit contar moltes voltes a la sogra, i sempre amb el mateix to dolorit... No hi havia pas dubte, doncs; aquell tresor celat era el dret de la sogra. La jove sentí una emoció extraordinària... Oh, si ella podia donar a la sogra l'alegria d'explicar-li la troballa!... Però, no; una volta més rebutjà la temptació; aquell secret no era seu, sinó que era del seu sogre, i ella no tenia dret a descobrir-lo ni explicar-lo a ningú!...

La claror, de repent, havia sofert una grossa minva: calia donar-se pressa, o la sorprendria algú en aquella feina clandestina... La Beleta tornà a arranjar les coses tan bé com va saber, emplenà la gerra de segó, hi encabí la bossa color blau de cel, tapà la cobertora amb la terra fangosa, encaixà la pedra arrabassada, arrambà el sarrió a l'angle de l'amagatall i sortí d'aquell lloc.

Durant uns dies —ho recordava tan clarament com si fos avui—, sempre pensava en lo mateix. Ella no havia estat mestressa de domtar la seva violenta curiositat i potser havia fet mal fet en descobrir el secret del sogre... Sí, potser sí que no havia obrat com calia, tractant d'esbrinar lo que no li pertocava esbrinar, però més mal fet seria l'esbombar-ho... Si ho feia, seria, de segur, malmirada per tots, sobretot pel sogre, que era tan sorrut i rancuniós; mai més no li perdonaria la feta... I això, si del xerrar ella no se n'esdevenia alguna tragèdia... Per exemple, que el seu marit, que era tan repropi de geni i tan interessat com el seu pare, amb l'excusa que podria endur-s'ho un altre, no li fes córrer el pernot al vell, dient que al cap i a la fi, tanmateix, ell era l'hereu i, una hora o altra, tot havia d'anar per ell, a les seves mans, i ser-ne ell el propietari.

El pensament de la Beleta s'estroncà de cop, desviant-se del sogre i revenint a la feina que feia. Batent i rebatent una i altra volta contra el decliu de la pastera, el gros embalum de la pasta s'havia anat esponjant i creixent esponerosament; la Beleta amb prou feines podia ja dominar-lo i la suor li anava regalant galtes avall, com si estigués sota un ruixat desfet i li hauria caigut sobre el pa si no se l'hagués tomat a cada punt amb el replec del braç. Tenia el pit tot blanc de farina, i el cabell, embulladís i esblevenat, enfarinat també, li feia entorn del rostre com una gloriola boirosa. Però prémer manyagament entre els seus braços ferrenys aquella gravidesa mòrbida produïa a la jove una càlida emoció voluptuosa que l'atiava a perllongar delitosament la tasca, malgrat el cansament; i un cop tenia ben compacte i arrodonit el pa, tornava a esparracar-lo a grapats, estirassava aquests fins a fer-ne llenques, disformes, que reduïa a pilotetes com boles de billar, prement-les novament amb el puny clos, per a tornar a rebatre-les contra la fusta i després reincorporar-les a la mota grossa... Sols quan, fatigada i anhelosa, els ronyons li donaven l'alerta, obligant-la a reposar uns minuts per a redreçar l'esquena adolorida, no tornà a revenir-li a la memòria el sogre i les seves facècies... —«Sí, potser sí que havia fet mal fet espiant, sense voler, al sogre; però lo cert era que, després de dies i nits de pensar-ho i dubtar, havia acabat per no dir res a ningú, per guardar-se per ella sola el gran secret...

I ella pensava que el guardaria sempre més; però ja diu l'adagi que l'home proposa, però Déu disposa...

Perquè, ¿qui podia sospitar lo de la cunyada petita?... La gran ja era casada quan la Beleta entrà a la casa, però la petita era una nena encara... Petita, sí; però anà creixent, que ni se'n donaren compte i quan ho van reparar, ja era una noia gran... Tothom —i ella també, la Beleta— la trobava molt vistosa; i, de més a més, era trempada i escotorida com ella sola, i de geni, bon cor i compassiva, retirava a la seva mare; mai es feia ronseguera davant del treball i s'hauria tret el menjar de la boca per donar-lo al primer desgraciat que passés davant la porta. De seguida de conèixer-la, la Beleta se l'estimà i sempre les dues cunyades s'havien avingut, talment com si fossin dues germanes... D'aquí vingué que tingués tant trastorn com elles mateixes quan va passar... *allò*. També s'escaigué allí, en el pastador, que era on havia d'escaure-li tot, d'ençà que va casar-se...

Ja feia dies que havia reparat que la Petita anava tota roja o tota esblaimada... —«No es deu trobar bé... Ja les tenen, de vegades, aquestes coses, les noies»... I, en havent dinat, que feia molta calor, quan veié que la Petita agafava els càntirs per anar a la Font Freda, que era bon tros lluny del poble, la Beleta els hi prengué dels dits, dient-li: —«Si no et sap greu, hi aniria jo, a la font... Amb tants dies d'estar tancada a casa, envejo estirar les cames»... Li

127

semblà que la Petita s'alegrava de la proposta; i mentre mare i filla quedaven a l'eixida, ella se n'entrà a dins, amb els càntirs a les mans; mes, quan ja havia traspassat la porta, va adonar-se que, sense saber com, s'havia fet una taca al davantal. La Beleta era polida com una plata. «Per sort tenia l'altre davantal net»... Deixà els càntirs arran de porta i se n'entrà al pastador, on hi havia la panera de la roba —ja estirada i allisada— en aquell *ditxós* raconet fosc de vora el torn. I tot just es cordava les vetes del davantal, quan vet aquí que compareixen la sogra i la Petita. Com venien enlluernades de l'eixida, no van reparar en la presència d'ella, i així que ella anava a parlar sentí un gran sanglot i veié que la Petita tirava els braços al coll de la seva mare.

—Ai, sí... mare... és casat, és casat, pobra de mi!... —féu amb gran desconhort.

La sogra havia quedat esglaiada; després, refent-se, com amb un bri d'esperança en la veu:

—Com ho saps, això, filla meva?

—Ell mateix m'ho ha confessat, mare... quan li he dit que ens havíem de casar per força...

—Casar-vos per força?... —havia fet la sogra, amb uns ulls molt badats.

Els sanglots de la Petita reprengueren, més violents que mai.

—Ai, sí, mare... és que jo... és que jo...

Mai havia vist la Beleta una expressió de terror com la que es pintà, de sobte, en el rostre de la sogra; acte seguit, les cames li fallaren i amb poc més cau estesa a terra.

—Que tu... filla meva?... ¿Què vols dir, Verge de la Pietat?

Per anys que visqués no havia d'oblidar-la, la jove, aquella escena entre mare i filla, ni aquella confessió vergonyosa de la Petita, ni l'atuïment, primer, i la desesperació, després de la sogra. A la fi, quan la pobra dona fou mig mestressa dels seus senys, tremolant, destralejada pel cop imprevist que acabava de donar-li la seva filla, confegí amb una veu trencada, que no semblava gens la seva veu:

—Anem a dalt, desgraciada... Podria entrar algú i...

I, a batzegades, com si fos aireferida, arrapant-se a la barana de l'escala i sostinguda per la noia, se n'anaren ambdues cap a dalt.

Així que es perdé enlaire el rossolar dels peus, petjant de puntetes i amb el cor oprès com per unes grapes ferroses, la Beleta eixí del pastador, prengué els càntirs i se n'anà a la font. I pel camí, pregonament afectada, ella també, anava rumiant. «Quin cop per a tots, aquella tragèdia!» La Beleta la veia clara, amb una claredat de llampec i de cap a cap, com si la llegís en les planes d'un llibre.

La Petita era tota fineta i tota primmirada; no semblava una noia de poble, sinó de vila, i, com tenia els aires, gairebé senyorívols, hi tenia també els gustos; en

129

conseqüència, no feia gaire cas dels pagesets dels entorns, que l'anaven ullant per seva, i, en canvi, de seguida que se li acostà un dels carrabiners nouvinguts de punt al poble, va agradar-se'n i desoint els consells de la mare i els renys del germà, que no veia gens de grat que s'emboliqués amb un foraster que, amb el sou que devia tenir, li faria passar gana tota la vida, s'hi posà en relacions. Era castellà, jove i eixerit; duia sempre l'uniforme ben replanxat i els cabells allisats amb brillantina. Aviat foren promesos formals...

«I, ara, de repent —havia pensat la Beleta—, aquella tragèdia, aquella escaiença espantosa... I encara sort que el seu marit era a la muntanya, a buscar el carbó!»

Aquell vespre la cunyada digué que no es trobava bé i se n'anà al llit més d'hora que els altres dies. Aleshores la sogra, amb la cara ullerosa i esbarrellada, com si acabés d'eixir d'una gran malaltia, retingué la Beleta a la cuina.

—Bel... jo t'estimo com una filla... i et vull dir lo que ens passa...

—No cal, sogra... — murmurà la Beleta, fent-la seure a l'escó i arrimant per a ella la cadira mitjana—: Ja ho sé tot...

La sogra tingué un ensurt terrible.

—És dir, que ja s'ha esbombat?!

—No, sogra; no patiu... És que jo estava dins del pastador quan hi heu entrat aquesta tarda i he sentit, sense voler, lo que la Petita deia...

La sogra es portà les mans al cap.

—Quin afront, Bel... quin afront, als últims de la meva vida!... I ara, si no s'hi pot casar...—Es reprengué per preguntar-li—: Perquè no sé si saps...

—Sí, sogra, sí; també ho he sentit... —I, fent el cor fort, afegí amb to apaivagador—: Encara que, si voleu que us ho digui, després de tot, potser és una sort, que no s'hi pugui casar... Ella, tan bona noia, ¿què se'n podia esperar d'un home tan roí com és ell?...

La sogra la mirà, esfereïda.

—Però, com queda, Bel, aquesta pobra filla meva? El teu home, quan ho sàpiga, la matarà.

La jove li posà manyagament la mà sobre el braç trèmul.

—No us desespereu, sogra... Ja sabeu lo que canta l'adagi..., en gran mal, Déu ajut; i també us ajudarà en aquesta hora... Mireu; tota aquesta tarda rumio i, si vós volíeu, jo us diria lo que m'ha passat pel cap...

Tota la vida de la velleta es concentrà en sos ulls.

—Digues, filla... Jo no hi veig pas remei, però...

—Ja sabeu que la meva germana d'allà dalt m'ha escrit que està gairebé tollida de dolor... Doncs, jo us volia demanar per anar-la a veure, i un cop allà, parlaria amb ella d'aquesta desgràcia, i molt seria que...

Els ulls de la sogra es convertiren en una font i la barba li batzegava tan alienadament, que no podia confegir paraula.

Allà, en aquell raconet de cuina, vora la llar apagada i sota la claror pàl·lida, color de rovell d'ou, del caputxí de llautó que hi havia en la lleixeta del faldar, a soles, les dues dones decidiren què es podria fer. I, quan el marit arribà amb la càrrega de la quinzena, la muller li parlà del seu desig de pujar a veure la seva germana malalta. Marxà la Beleta, carregada de petits presents casolans que li havia donat la sogra per la germana, i en retornar, al cap de pocs dies, es lamentà, exagerant-ho una mica, de lo atuïda que havia trobat la malalta, de la falta que li feia tenir algú al costat; i afegí, tímidament, mirant de cua d'ull el seu marit:

—Si jo m'hi hagués pogut quedar una temporadeta... Però... faig aquí tanta falta pel despatx del carbó!... Com sóc la que ho tinc més per la mà...

—És clar; tu no pots pas anar-te'n... —féu el marit, naturalment.

—Ja l'hi vaig dir, jo... —afegí la dona, a poc a poquet, amb diplomàcia—: Aleshores ella que em digué: «Si pogués venir la teva cunyada, per dur el pòndol del mas, fins que jo em pogués valdre, me faria un gran favor...» (i, sabent lo interessat que era el marit, acabà parsimoniosament): «li pagaria una bona soldada i mans besades... Com vosaltres sou tres dones i pel rem que meneu...» —La Beleta s'aturà, i, com els altres no diguessin res, afegí amb catxassa—: Li vaig dir que ja us en parlaria... que vosaltres éreu molt bona gent i que sempre que podíeu fer un favor...

Dient que sí, aparentment alegre, la Petita, i conformant-s'hi, de molt bon grat, la sogra, el marit acabà per accedir-hi... —(«Si li eixís per allà quelcom, potser deixaria aquest foraster del dimoni») i no se'n parlà més, de moment. Quan es tornaren a trobar soles sogra i nora (i, aleshores, es cercaven sempre, secretament, l'una a l'altra), aquella exclamà:

—Déu t'ho pagui, filla meva... Tu vas tenir raó... Déu t'ha enviat per emparar-me —mes, afegí anguniosa—: Sols que lo que vas dir d'una soldada, no ho podem pas consentir i... després, per lo que ha de venir... ¿Com l'hi entaulem, això, al teu home?...

La jove somrigué.

—Sogra, no haurem pas de menester res de ningú... sou més rica del que us penseu...

—Ja pots comptar!... Com el grill, pobra de mi! —I afegí, planyívola—: Si el teu sogre no se m'hagués malgastat el dret... que mai més he sabut on va anar a parar...

—No passeu ànsia, sogra... Tot s'arreglarà, si Déu vol!...

El marit marxà pel seu negoci del carbó i la Beleta pregà a la sogra que, amb qualsevulla excusa tragués per una bona estona la Petita de casa; i quan tornaren a trobar-se soles la jove repetí el joc de temps enrera: sortí al carrer i digué a la veïna del davant que se n'anaven, amb la sogra, a l'olivar, que elles passaven pel darrera i que si venia algú li digués que tothom era fora. Després, també com l'altra vegada, tancà la porta amb clau, mentre la sogra la mirava tota estranyada, però la Beleta li féu, aleshores, senya que la seguís al pastador i, una volta allí, armada del bigotet del sogre, arraconà el sarrió que sempre hi havia en el racó del fons i es posà a sollevar les pedres del sòl. Ara ja no anava amb miraments; el sogre feia mesos que havia mort i ningú havia de demanar-li comptes de com deixés violat l'amagatall, mentre després disfressés discretament la violació.

La sogra era tota ulls. Grata que grata, la Beleta descobrí la tapadora, després la gerra; tragué a embostes el segó, després el mitjó vell, replè com una llonganissa; darrera del mitjó, seguí un sarronet de cotolina roja, amitjançat de *napoleons* i duros de barra (això era nou per ella; per més que havia vigilat, no havia pas tornat a trobar mai més, fora d'aquell primer dia, el sogre furgant en aquell catau) i la jove s'aturà en sec.

En veure tal munt de monedes d'argent abocades en el revés de la tapadora, la sogra quasibé va perdre l'alè; i quan la Beleta li posà, amorosament, a les mans el cabasset de palma, quedà blanca com la paret i un gran sanglot de joia li esclatà en la gola.

—Reina del cel! El dret del pare! Mai més l'havia vist, del dia que me'l posaren al davant en el dinar del casament! —i estrenyé el cabasset contra el seu pit, pregonament emocionada. Després afegí, amb dolorós ressentiment—: Tant que ell em va fer patir i estalviar... fins el menjar!, dient que érem pobres, que tot ho havíem perdut en la desfeta del negoci!...

Després, sobtada per la idea, preguntà a la jove:

—Però tu, filla, com ho sabies, això?...

La jove va explicar-li-ho, acabant així:

—Però, com no era cosa meva, sabeu?, sinó del sogre, no vaig dir res a ningú... No m'hauria pas estat bé fer l'entremesa...

—Aleshores, ningú en sap res?!...

—Ningú, sogra...

La sogra vacil·là, incerta:

—Però, és ben meu, això? ¿Què trobes que tinc de fer, jo, ara, Beleta?

—Res, sogra, és ben vostre... És el vostre dret i els vostres estalvis... Guardeu's-ho per vós...

—Però el teu home...

—Nosaltres som joves i ens guanyem la vida gràcies a Déu... I si moriu abans que nosaltres i queda quelcom de la mota, prou que ho trobarem... Entretant, podeu haver-ho de menester... Ara mateix, quan vingui lo de la Petita...

—Tens raó... Pobra filla meva!... Que ens haja tingut de passar aquesta desgràcia tan regrossa a nosaltres!... De totes les que m'he vist, cap m'havia dolgut tant com aquesta... Sort ne tinc, del teu costat, Bel...

—És que vós també heu estat bona per mi, sogra... i ja sabeu lo que diu l'adagi: Tal faràs, tal trobaràs... —respongué modestament la jove.

Determinaren, sogra i nora, de no resar a ningú d'aquelles coses, dissimularen lo millor que van saber l'amagatall, sense ni traure'n la gerra plena de segó, *per si un altre dia podia tornar a convenir,* i la vella volgué que l'altra pugés a dalt amb ella per ajudar-la a celar de nou la troballa, ara (fou consell de la jove) al fons d'una caixa vella, que, de tan vella, quasibé se n'anava en pols i on mai remenava ningú, per no contenir més que coses inútils en absolut; el gipó de domàs d'una besàvia rica de la sogra, encotillat d'espart; un vestidet de batejar de la passada centúria amb les cintes totes clapades, reptes i trencadisses com paper; les abeceroles de l'onclet, el que morí conco; les butlles de la Santa Creuada, color de cigró sec, totes trepades per les arnes i amb les lletres granades com puces; el primer bergansí de l'hereu; la capseta del tabac de pols i les galotxes de l'altre besavi —el de la casa—; els trossos de ciri —encara engarlandats amb algunes ruixes de paper virolat, que sobraven, cada any, del monument de Setmana Santa i que sols servien per a il·luminar la cerimònia, quan entrava a la casa Nostramo, en estar malalt de mort algun membre de la família... i altres relíquies per l'estil, que no interessaven ja gens ni mica a la gent jove, però de les quals era gelosa guardiana la sogra... Ara anava a refugiar-se en aquell niu, com una relíquia més, i la més positivament valuosa, el cabasset de palma...

I la Petita partí cap a muntanya, al costat de la germana de la jove, en aquell mas sanitós i solitari. Al cap d'uns mesos i després d'haver deslliurat un infant mort, retornà a casa seva. Estava fineta i seriosa com sempre, però més fresca i bonica que abans, amb la cara com una rosa i els aires honestament desimbolts... La veié un minyó d'un altre poble, amb el qual acabava de fer companyia el germà, s'enamorà d'ella al primer cop d'ull, i es casaren. El nuvi estava molt arrelat i la Petita féu un bon cop. Abans que ella tornés, el carrabiner se n'havia anat a Mallorca, on tenia la seva muller. Ara la Petita era mare de quatre fills i el seu marit cada any comprava un camp més. El germà, l'hereu, sempre cregué que la Petita li devia la seva sort an ell, per haver consentit ell que anés a fer companyia a la cunyada malalta; i tothom semblava convenir en aquella idea, per a no contradir-lo en res del que deia...

Distreta amb aquelles memòries, que li feien reviure les escenes passades, talment com si les tingués davant dels ulls, la jove, una mica esblevenada i suadenca, pastava d'esma, esparracant una i altra volta el munt de pasta i una i altra volta rejustant-la i rebatent-la amb braó contra la pastera, enfarinant-la i prenent-la de nou, doblegant-la i maurant-la sense parar. I la mota creixia, creixia, creixia, creixia més i més... Ja amb prou feina la podia prendre d'un braçat i aplacar-la contra el seu pit per donar-li el tomb, puix sobreeixia de tots cantons i tenia un pes, un pes, que gairebé no el podia aguantar!... No era estrany que li deixés els braços capolats i aquells ronyons tan adolorits... Estaria dies sense poder jaure planera, però seguia en la seva brega, com una obsessa desfermada, atiada la imaginació per lo que havia vist i lo que havia passat entre aquelles *ditxoses* parets, en el decurs d'unes anyades... Vist gairebé de frau, per encerts de la casualitat o mercès a la penombra alcavota, que a certes hores l'encobria i amagava als ulls enlluernats dels entrants... Com aquella altra vegada...

Ara tornava a veure la sogra com si la tingués allà mateix... Creient-se sola, s'havia llevat el sac d'indiana i el visurava del revés, amb atenció concentrada, sota el raig esgaiat de la claror que entrava pel trau del finestró, mig partit pel llangardaix de ferro. Després cavalcava amb compte el sac en l'espatller de la cadira i es treia el saquet de sota, i tornava a mirar, a mirar... No hagué de mirar gaire, amb tot, car de seguida ressortí aquella taca de matèria, el rastre de supuració de la llaga... De repent s'explicà la jove certes coses que havia copsat el seu subconscient i que l'havia confosament estranyada, sense acabar de donar-se'n compte; aquell anar sovint de la sogra, xipollejant, mig d'amagat, en un gibrell, sempre el mateix i que no volia que li toqués ningú; aquell no voler que li rentessin la roba amb la dels altres; aquell flacar-li el braç esquerre quan prenia el cove o quan plegaven els llençols de la bugada... La Beleta comprengué; la sogra tenia un mal; i, a judicar pes les precaucions que prenia, un mal dolent... Era un mal dolent, en efecte... Un dia que anà al mercat de la ciutat propera, sola, la sogra havia consultat un metge i el metge li havia parlat clar... Moguda per una pietat immensa, la jove eixí de la fosca: la sogra, en veure-se-la al davant, tingué un ensurt terrible i quedà esblaimada com un pa de cera...

—Però, per què no ho dèieu, santa cristiana?! Les penes amb companyia fan de més bon passar... —exclamà la jove.

—Són tan fastigosos, els mals... I no volia que m'agaféssiu repugnància... —confessà, atemordida i tota vergonyosa, la sogra.

—Però, passar-vos sola una cosa així! —repetia l'altra, fondament condolguda.

D'aquella hora endavant la Beleta es comportà amb la sogra com una bona filla, i, no satisfeta amb el parer del metge que aquesta havia consultat, la portà a un altre i a un altre encara... Malauradament, el mal havia ja fet tant camí que no hi havia adob possible... Aleshores, la jove parlà amb el seu marit i després amb la Gran i amb la Petita... Calia que tothom estigués alerta de lo que possiblement podia ocórrer d'un moment a l'altre... Però Déu tingué compassió de tots plegats i se n'emportà la malalta

d'una broncopneumònia furibunda; joc de poques taules...
Era així com havia quedat senyora i majora... relativa, de
la casa, la Beleta; però això no l'havia conhortada gens ni
mica. Ella, que havia perdut la mare quan encara era un
infant, sempre se l'havia estimada, a la sogra, com a una
mare talment, i mai li havia pesat el sotmetre's a la seva
autoritat... «Perquè era una dona discreta i considerada de
natural, la sogra... Ben al revés dels *altres*... Ah si els *altres*
haguessin estat com ella, Senyor!... Ben altrament hau-
ria estat la seva manera de viure en aquella casa que tant
s'estimava. Però...»

Els cops sords, a cada punt més seguits, del topar i reto-
par del gran tou de pasta contra la pastera, semblaven rit-
mar el pensament de la Beleta, i al compàs d'ells, aquest
anava fent la seva via, reculant en el temps.

—«Si tots haguessin estat com ella!... Per això, de fet,
aquell de la mort de la sogra havia estat el cop més gros
per ella, per la Beleta... amb tot i que n'havia sofert de totes
menes...»

A la fi, ja rendida, la pastadora es decidí a fer les partions
i posar cada una, inflada i arrodonida com una gran bola,
en el seu cabasset corresponent, arrenglerant aquests sobre
la post. «¿Quants pans hi havia?... Quatre... cinc... sis... Sis:
pensava que en sortirien més... però eren grossos... bah!
ja estava bé, ¿quina necessitat hi havia de menjar el pa sec,

podent-lo menjar tou? Així, com així, prou ne passarien via de seguida!...»

I tot escurant la pastera i les eines i posant lentament les coses en ordre al seu lloc, el catric-catrac del pensament encarrilat per aquelles dreceres, li ressuscità sobre el fons tèrbol, donant-li vívida aparença, la darrera estampa retrospectiva.

«Aquell dia s'havia aixecat a trenc d'alba per agençar la casa, preparar la beguda pels homes, portar-la a la segada, tornar a casa pel dinar, retornar al camp, rentar aquella munió d'atuells... Estava rebentada... i amb la gran estuva que feia aquell dia!...»

Se n'entrà al pastador, prengué la cadira baixa i descordant-se el sac fins a mig pit, s'assegué en el racó fosc de sempre, entre el torn i la paret, per temperar-se i reposar una mica. Però, hi feia tan bo, allí, que sense donar-se'n compte, va entreabaltir-se. I somnià; somnià que la màquina de segar feia una fressa estranya, un rumrum especial, talment com si enraonés mateix que una persona, amb una mena d'enraonia que li inquietava el son... i que a la fi l'hi trencà... Badà lentament les parpelles... «No ho era, la màquina, la que enraonava, sinó un home... El seu home... però el seu home no estava al camp amb els jornalers?...» Reprengué un bri de consciència... «Sí, sí; era el seu home... Que estrany!... Per què

141

hauria tornat?... Potser l'hauria sorprès la soleiada?... S'havia queixat d'una mica de mal de cap»... Volia preguntar-li-ho, però les seves potències no l'obeïen... I, de sobte, entresentí una altra veu... una veu baixa, muixicosa... «Ai, ai!... Allí hi havia algú més... qui devia ésser?...» Acabà de deixondir-se. «Sí, allí hi havia una altra persona... una dona... la veïna del davant... la... Però què era, allò que deien...?»

—Són mals dies, Carme... tinc les despeses de la sega a sobre i vaig molt just, molt just, massa... i ara, estant jo fora d'allí, demana el que faran!... Sort que ella és bona vigilanta... Però jo no hauria hagut de venir, no podia venir; sols que anit t'he vist tan neguitosa...

—No vaig tenir temps de dir-t'ho... És que ell s'ho ha jugat tot i no tinc ni un clau a casa...

El marit tingué un rampell de quimera rancuniosa:

—Tu t'ho has cercat! Per què t'hi casaves... Ja sabies lo que era...

—La mare m'hi va obligar... jo no el volia... —amoixadorament—: M'agradaves més tu...

—Falòrnies, Carme! —saltà ell, amb despit—. Bé vas saber dir-me que no...

—Si t'haguessis esperat, potser... Però tu vas casar-te de seguida!...

—Què havia de fer? ¿Enrabiar-me més encara, veient-lo sempre a retaló?

—No, no; no diguis... —amb un deix acusatori—; és que ella te va engrescar de seguida...

Ell, ràpid, amb mofa despitada:

—Engrescar-me?! No em facis riure!!

—Prou havies dit que no t'agradaven les seques!...

—I encara ho dic ara; encara ho torno a dir...

—Doncs, per què?...

—Perquè volia casar-me de seguida, abans que tu... i ella va ésser la primera que em va sortir al pas; ve-t'ho aquí. Ja ho saps! —De sobte, també com despertant, amb una aspra revirada de les seves—: *Bueno;* me'n tinc d'anar... —I com si s'hagués concordat amb el primer supòsit de la muller—: Ja li havia dit que no em trobava bé i que venia per prendre aigua del Carme, però si m'entretenia, anava a mà de topar-me amb ella pel camí...

La veïna del davant, amb una certa fredor calculadora:

—Bé està... però... de lo altre, què?...

—Ah!, ja no me'n recordava...

Furguetejà per la butxaca dels pantalons. —Té; aquí tens vint duros; avui per avui no et puc donar més que això...

Ella féu un moviment de cap enigmàtic. L'home eixí a la porta i mirà amunt i avall del carrer, després tornà al pastador i digué a la dona:

—Vine, passaràs pel darrera. Estant ella fora de casa, val més que no ens exposem, perquè si no, et podria veure...

Baldada, incapaç de moure's de la cadira mitjana, la Beleta els veié eixir. Quan pogué aixecar-se del seient, els braços li penjaven, amb estranya laxitud, al llarg del tronc i les cames no volien fer lo que ella els manava. De repent, havia envellit de vint anys i, en el fons del fons, d'aquella data enllà, mai més seria altra. Amb tot, després de llargues estones d'atuïment sord, la darrera visió ingrata, lentament, lentament, com totes les coses que no duen pressa, anà allunyant-se del primer terme i esfumant-se en l'espai, a tall de caravana que, camps a través, anés a perdre's en deserts de somni errívol.

La Beleta espolsà el cap, amb heroica resolució, plena de decepcions i renunciaments... Després escampà a l'entorn una mirada vagarosa; i, encara, quan veié sobre la post aquella renglera de pans, durs i turgents mateix que pits de dona, obra de les seves mans i tebis de la pròpia escalfor, experimentà una mena de voluptat apaivagadora i reconfortant; i prengué clara consciència de que, per bé o per mal, millor dit; per bé i per mal, tot quant restava de viu en la seva persona estaria vinculat per arreu al pastador; en aquell ombrívol i misteriós pastador, sagrari d'estranyes facècies, en el que havia passat ella tan llargues hores i en el que havia oït, sense voler, tantes paraules, i, sense voler, espiat tants actes que havien de resultar font i objecte de les més punyents reaccions que, a voltes, poden sotraguejar el míser cor humà.

144

PAS DE COMÈDIA

Després de donar les «bones tardes», el senyor Anton s'assegué en el pedrisset arrimat al brocal del pou i mentre contemplava an En Pelegrí, que, cama ací, cama allà, ara tapant un cap de rega ja amarada, ara obrint, d'una tramegada segura, el cap de la rega següent acabava de regar tota la taula de vianda, li digué, amb un si és no és d'ironia en la veu:

—Ahir, passant davant de casa vostra, volia entrar per preguntar-vos si vindríeu avui, però us vaig sentir cridar i renegar tant, que m'agafà mitja basarda i vaig tirar carrer avall...

L'altre contestà amb tota naturalitat, ensacant-se les calces que se li escorrien amalucs avall:

—Escatia amb la dona...

—Oh, ja ho suposo! Com cada dia, veritat? Sols que, per discutir, han d'ésser dos, i a ella jo no li vaig pas sentir la veu...

—És que era a dalt, a la cuina...

—No vingueu amb falòrnies, Pelegrí... El que era, que ella no deia res... i que vós teníeu molt mal geni: i perdoneu que us ho digui.

—Les dones, senyor Anton, són una mena de bestiar que s'ha de menar molt acotat, si es vol que llauri dret.

—Les dones, Pelegrí, són com vós i com jo, si fa no fa, i si nosaltres volem ésser respectats cal que les respectem an elles també, sobretot les casades, que són el millor adjutori del marit.

L'home estirà, a boca closa, la meitat dels llavis cap a la galta dreta, lo que constituïa la seva manera característica de somriure.

—Qué vol que li digui, senyor Anton! —féu escèptic i amb burleta sornegueria—: Una dona sempre és una dona i un home sempre és un home...

El senyor Anton, ara ja seriós, replicà:

—Si un dia la vostra, cansada de vós i dels vostres mals tractes, us avorria, ja sabríeu dir-me quin bo hi fa!

En aquell moment, com la *Linda,* la gosseta del senyor Anton, es posés a esgratinyar en una rega i n'espatllés la crestallera, En Pelegrí l'empaità amb el tràmec arborat, i entre refer ell el desperfecte i cridar l'amo a la infractora, que, espaordida, corregué a agemolir-se als seus peus, el pensament dels dos homes virà de camí, derivant cap a coses de la feina, i no es tocà més el primer tema. Que, d'altra part, era tema corrent en tota la vila, i fins tan corrent, que temps ha que gairebé ja havia deixat de comentar-se.

Sí, era tradicional el geni repropi d'En Pelegrí, el qual havia agafat com un obligat i honest deport el maltractar de paraula... i d'obra la seva pobra muller, una bona persona, prudent i treballadora, que estava sempre, com se sol dir, amb l'ànima penjant d'un fil.

Els veïns ja sabien quina havia d'ésser la cançó de cada dia quan, a entrada de fosc, en plegant del jornal a fora, l'home tornava a casa; així que obría la porta forana i bo i abans d'entrar a la cort per aconduir la mula, ja començava a rondinar, prenent peu de qualsevol pretext o... sense pretext de cap mena; i, a poc, esclatava la tempesta.

Davant la imminència del perill, a la Maria, que en aquelles hores traficava per la cuina, quan sentia el grinyol de les frontisses de la porta del carrer, una suor li anava i l'altra li venia, perquè de sobres sabia la que li esperava; que, no bé En Pelegrí treia el nas al capdamunt de l'escala, li rebitllava entre cap i coll lo primer que trobava a mà, fos una estella, una cadira, la filosa... Fins que un dia, atrapant el gat per la cua, provà de llançar-lo també contra la dona, però el gat, regirant-se com un mal esperit i entre grans marramaus, li clavà a la mà les seves urpes, fugint-li després dels dits com un llampec. L'endemà el gat quedava estossat per arreu d'una implacable garrotada, però la mà d'En Pelegrí restava solcada com un mapamundi d'un embull de ratlles vermelles. Fou la bulla de tot el barri; i deia una veïna a la Maria:

—Sembla mentida que una dona ferma com tu no tingui el coratge de tornar-s'hi que ha tingut aquella bestiola... No tinguis por que els hi meni més brega, als gats.

I afegia una altra:

—No veus que això, an ell, li és un platxeri?

I la de més enllà, amb mofa:

—Com que l'esbravar la malícia amb tu li tempera les sangs, al minyó!

I d'aquest aire passaren... vuit o deu anys; ell, bagolant i pegant a la dona, gairebé un dia si i l'altre també, i ella, amb el cor sempre nuat, sempre atemorida, tremolant d'un tremolor intern, que li feia trencar més d'un plat quan anava pel sopar (car totes aquelles facècies, com hem dit, tenien lloc, de consuetud, a les vetlles) i portar les espatlles arronsades com un pobric desemparat de Déu.

Fins que una volta...

Era en temps de portar el blat a moldre pel pa de l'anyada. Ja li havien donat al molí venda per l'endemà, a primera hora, però En Pelegrí, que no era peresós, pensà que abans d'anar a transplantar el planter a l'horta del senyor Anton podria deixar les coses aparellades i a punt de marxa per l'endemà.

Tenia el carro en el patiet del costat i la saca del blat a l'entrada, a casa. Si ara carregava la saca al carro, passantla per la porta interior, que donava al patiet, l'endemà no hauria de fer babarotes pel carrer, donant greix als veïns, els quals, per En Pelegrí, que havia comprovat de sobres les simpaties que els inspirava, *eren tots uns sedassers i envejosos.* I, de fet; agafà la saca per la lligada i tractà d'aixecar-la en sopols; però la saca era grossa i pesava d'allò més, talment com si en lloc de blat estigués plena de ferro.

Masegà amb delit una i altra volta, una i altra volta... La suor li regalava cara avall, com si la tragués de sota l'aixeta; les tempes li batien com si volguessin esbocinar-li la closca; esbufegava com una manxa, l'espinada se li capolava, els muscles del ventre se li tensaven com cordes doloroses; però, per més que maldà, no va eixir-se amb la seva. Arribava a suspendre la saca, desencastant-la del sòl, a dur-la d'una banda a l'altra arrossegant, però no se la pogué carregar a coll. Enrabiat amb ell mateix, amb tot el seu genial abrivat de quimera, rebotà la saca per terra i li clavà, a revesillo, mitja dotzena de coces, amb tant braó com les que engegava la mula quan s'entestava a no tirar.

—Reïra de tu!!... Mala negada faci tot!... Me dec haver tornat dropo...!—I després d'un lapse de perplexitat, gratant-se el pellenc ressec de la cabellera amb ses ungles arranades, va acabar per decidir—: No hi ha més; al vespre hauré de *desevidir* això en dos sacs... No vull pas que allà dalt (pel molí) se fosquin de mi, veient-me fer tentines...

De dalt de la cuina estant, sotjant recatadament, la
Maria havia seguit, d'un ull interessat, tota l'escena...

Quan l'home eixí de casa per anar a l'horta del sen-
yor Anton, ella baixà de dalt, tancà la porta amb el ber-
nat de ferro a fi i efecte que ningú la pogués sorprendre
i provà, al seu torn, d'aixecar la saca. Li fallà l'intent, car
la saca semblava incommovible, plantada al sòl, com un
arbre.

Amb les mans juntes i l'esguard fix, talment fent ora-
ció mental, la dona rumià. Era vist que per aquell camí
no arribaria enlloc. Guaità a l'entorn. En un racó d'entrada
hi havia la tineta de fer el vi, la meitat enfonyada en terra,
l'altra meitat sobresortint-ne i enrondada d'una pareteta,
alta d'uns quatre pams. Sòlides posts de roure, color fosc
d'esperit de regalèssia, tapaven l'ampla boca circular. La
Maria prengué una de les posts i la passà, del sòl al caire
de la tina, com un pontinyó al biaix; després, poc a poquet,
amb paciència i manya, ara un corn, ara un altre, anà fent
avançar l'imponent embalum, fins que aconseguí dur-lo al
peu de la post, on el deixà ajagut de caire. Anà a la cort,
portà les regnes de la mula i lligà la saca pel centre. Ales-
hores, pujant-se'n d'un bot dalt de la tina, s'entorxà les
regnes i les mans, apuntalà les cames, testes com pals de
bastida, i començà a cobrar la corda, hala, hala, hala, hala,
fins que la saca es remogué i després, a sacsejades insegu-

res, començà a ascendir pel decliu. Mes, no calia badar; que així que la Maria es distreia o aflacava una mica, la saca, no sols s'encavallava, sinó que retrocedia, rossolant cap avall, a risc de fer seguir darrera a la seva captivadora. Amb tot, la tossuderia d'aquesta guanyà la partida, ja que la saca fou hissada fins a l'extrem de la fusta i encavalcada sobre el cantell de pedra picada que coronava la pareteta. Rebentada i satisfeta ensems, la dona somrigué, alenant al seu pler. Quan ja es va sentir revinguda, saltà a baix de la tina, es posà d'esquena a la paret i per sobre l'espatlla engrapà amb força la saca per la lligada, fins que la decantà i la féu caure sobre el seu dors. En el mateix punt, cregué que la casa sencera se li esfondrava al damunt; tan terrible fou el cop, que va perdre el món de vista, les cames se li blegaren i amb poc més cau de bocaterrosa, amb la càrrega al cim. Així i tot, no desdí. Clamant socors a totes les seves forces, afermà les cames trèmules, redreçà de mica en mica el tronc, donà una, dues passes vacil·lant, i, a l'últim, bo i acotada, millor dit, gairebé doblegada per la meitat, donà la volta a tota l'entrada amb la saca de blat a coll. En arribar al punt on el seu home l'havia deixada, la Maria es descarregà. El pit li anava com una manxa, veia tot de llumenetes i no sabia ben bé si era d'aquest món o d'altre; però s'havia eixit plenament amb la seva. I ara ja sabia que tenia més força que En Pelegrí; més força i més enginy.

Aquell vespre, no bé el sentí entrar, s'arrimà a la boca de l'escala i cridà amb to reganyós:

—Així, tanca la porta, si et sembla! I amb el vent que fa, que la xemeneia no tira, que el fum m'ofegui a mi!

Ell quedà bocabadat de sorpresa, amb un peu al primer graó de l'escala. «¿Aquella que havia parlat era la Maria?»... De cop, revenint amb violència, s'engegà escala amunt com una fúria; però, no bé desembocà a la cuina, un gros cap de col, disparat a manera de còmic projectil, li petà entre cap i orelles, amb una tal contundència, que amb poc més el torna a precipitar escala avall. Un altre moment d'estupefacció; després, perduda la serva, anà per tirar-se-li al damunt. No ho arribà a fer, però; que la dona, serena i amb els peus ben afermats, l'esperava, arborant amb gest resolt la pala de pues del paller. S'aturà en sec. Ella repetí, amb veu natural, però comminatòria:

—T'he dit que la xemeneia no tira... Vés a obrir la porta, si et plau...

En Pelegrí tingué un altre punt de vacil·lació; mes ¿què veuria de secretament amenaçador en l'aire de la seva muller i en la lluïssor fixa del seu esguard, que tota la seva fellonia es fongué dintre seu, mateix que un bloc de gel a dins d'una fornal? Restà de nou en pensa, per un moment tan sols, i a la fi, amargament meravellat, acotà el cap, tombà l'esquena i sotmès, graó a graó, com si cada moviment li costés un esforç immens, baixà l'escala i anà a obrir la porta.

Tal fou el capítol inicial o pròleg de la nova vida: que, d'aquella vetlla en avall, la Maria féu exactament amb el seu marit lo que aquest havia fet amb ella fins aleshores. Cada dia, tantost tornava del treball, per fas o per nefas, era acollit amb el mateix regany.

—Aquestes són hores de retirar?... ¿Que feien putxinel·lis pel camí, que estiguessis tan entretingut?...

—He anat a fer llossar l'eina.

I ella, rient amb mofa:

—Ja t'ho deu agrair, el ferrer, que li fessis gruar el sopar, anant-hi a l'hora de plegar!

O bé de dalt estant i a plena veu:

—Veiam si no acabaràs mai més de deixar els arreus! Qualsevol diria, per la fressa que menes, que s'ha allotjat aquí un regiment de soldats!

O, encara, aixecant els ulls al cel:

—Déu i Maria Santíssima me donin paciència per suportar un enze com tu! Tres dies que et dic que no m'entrebanquis ni em facis nosa vora els fogons... i tu, com si fossis sord...!

I així sempre, quan no li queia a sobre l'escombra de melca, o no li enrebitllava als peus la podadora vella, amb risc manifest de fer-li una esguerradura.

Fins que un dia, desesperat, provà de tornar-s'hi; però no bé se'l veié a prop, ella, d'un ràpid giravolt, li féu la camelleta i quan el tingué a terra, caient-li al damunt, li desféu la cara a plantofades; i li va fer amb un to que no admetia rèplica:

—I ara, no ho provis pas mai més, de venir-me amb joguines, perquè te'n penediries... t'ho ben rejuro!

Ell s'ho tingué per dit, i com no podia endevinar a què era degut, aquell estrany miracle a la inversa, car la Maria no n'havia donat, an ell ni a ningú, la més petita explicació, no feia altre que repetir-se per la seva barretina, una i altra volta, amb maniàtica tenacitat:

—Me l'han embruixada, no hi ha més!... Me l'han embruixada!...

I li semblava que, no tractant-se de cosa esdevinguda per naturalesa, sinó per art de les potències infernals, contra les quals res hi pot la voluntat de l'home, la seva càrrega se li feia menys feixuga, i més suportable l'agulló del destí.

No cal dir que, com la gent tenia bones orelles, començant pel carrer, de seguida, tot el poble fou un bum-bum de la nova situació. Les comares en el rall, el jovenet a la taverna i els jornalers en les treballades, no parlaven d'altra cosa, la riota era general i els comentaris més coents que bitxos. I això durà fins que, anant temps, la novetat va esmussar-se, els acudits càustics anaren esclarissant-se i perdent l'enginyosa virulència i la història es féu vella en el repertori tradicional del comú.

I heus aquí que un dia el senyor Anton i En Pelegrí tornaren a trobar-se a l'horta, l'un assegut en el pedrisset de vora el pou i l'altre tancant una rega de tomateres ja amarada i obrint d'una tramegada segura la rega següent; i altra vegada, el senyor Anton, amb un pipilleig de picardia en la mirada senil, reprengué, com aquell que no hi toca, l'antic tema:

—¿Què és aquest blau que teniu al front, Pelegrí?

I En Pelegrí, acotant resignadament el cap, contestà, sense fer-hi embuts i ben convençut que l'altre era prou sabedor, com tothom, de lo que li passava:

—Pse... Ja s'ho pot pensar!... Vol que l'hi digui, senyor Anton?... Desgraciat del que arreplega en aquest món una mala bèstia!

Però aquella vegada no estirà pas cap a la galta el caire de la boca, car temps ha que havia perdut la ganyoteta característica del seu mig riure sorneguer.